シリーズ〈本と日本史〉④

宣教師と『太平記』

神田千里
Kanda Chisato

a pilot of wisdom

まえがき――宣教師の注目した『太平記』

キリシタン版『太平記』の出版

『太平記』は、日本の南北朝の内乱を描いた軍記物であり、日本人には大変に有名でなじみ深い書物である。しかし、その『太平記』が十七世紀の初め、日本にいたヨーロッパ人によって出版されたことはあまり知られていないのではないだろうか。

高校日本史のおさらいのようだが、まずは南北朝の内乱と『太平記』について簡単に述べておきたい。十四世紀前半に後醍醐(ごだいご)天皇が鎌倉幕府に対して始めた討幕運動、それによる幕府の滅亡から建武の新政へという流れの中で、新政に不満を抱く武士たちの支持を獲得した足利尊(たか)氏(うじ)が後醍醐天皇の建武政権を京都から追放し、光明(こうみょう)天皇を擁立して(この朝廷は北朝と呼ばれる)、自ら幕府を開く。新たな武家政権の誕生である。ところが後醍醐天皇は吉野に移り、自分こそが正統な天皇であると主張する(こちらの朝廷は南朝と呼ばれる)。そして室町幕府の初代将軍尊氏、二代目義詮（よしあきら）、三代目義満の代まで、各地の武士たちが南朝方と北朝方とに分かれて、全国的な争乱を繰り広げた。これが南北朝の内乱であり、最終的に南北両朝の統一により終息したのは、鎌倉幕府滅亡の約六十年後であった。『太平記』は、後醍醐天皇の即位から五十年間にわたるこの内乱を描いた軍記物である。

その『太平記』を出版したヨーロッパ人とは、当時日本でキリスト教の布教活動を精力的に行っていたイエズス会であった。周知のようにイエズス会宣教師アレッサンドロ・ヴァリニャーノは、ローマ教皇に拝謁を果したいわゆる「天正遣欧少年使節」の帰国に付き添って再度来日したが、その際ヨーロッパの活版印刷機、即ちグーテンベルクが発明した可動式印刷機を日本にもたらした。この印刷機により日本で出版された書物を総称して「キリシタン版」と呼ぶが、彼らの出版した『太平記』も、そのキリシタン版の一つである。

しかもこのキリシタン版『太平記』は、ヨーロッパの印刷機を用いながら、本文は漢字と仮名、つまり日本語で印刷されたものである。活版印刷機で使う日本文字の活字を製作するにあたって、「その道にかけては偉大なる天才にして手先の器用な日本人の優秀さを示す」と評された日本人キリシタンらの技能が駆使されたらしいが、それにしても日本の軍記物語をわざわざ日本語でイエズス会が出版したのは何故だろうか。彼らの布教活動との密接な関わりがあるということは推測にたやすいものの、何故、特に『太平記』の出版が必要だったのか。これから本書で考えていくのはこの問題である。

キリシタン版『太平記抜書（ぬきがき）』

本題にとりくむ前に、このキリシタン版『太平記』について、若干の説明をしておきたい。

APROVAÇAM.
Vi esse Liuro do Taifeiqui; não tem cousa por que se não deua imprimir.
Manoel Tarr[illegible]to.
Vista essa informaçaõ dou licença pera se poder imprimir. O Bispo de Iappam.

図1　『太平記抜書』巻第二　目録　天理大学附属天理図書館蔵（天理図書館編『太平記抜書　巻第二』〈天理図書館蔵きりしたん版集成6〉天理大学出版部より）

現在は奈良県天理市の天理大学附属天理図書館に収蔵され、重要文化財に指定されているキリシタン版『太平記』は『太平記抜書』という書名をもつ（図1）。『太平記』は現在広く知られている形のものが大体十四世紀後半に成立したとみられているが、現存する写本だけでも多くの系統があり、細部についてはそれぞれに差異がある。キリシタン版『太平記抜書』の底本は、慶長八年（一六〇三）出版の古活字本『太平記』を基調としていることが原田福次氏により指摘されている（原田「きりしたん版「太平記抜書」の底本について」）。当時日本には朝鮮から活字印刷の技術が伝わっており、慶長八年古活字本もこの印刷技術により出版されていた。その本を基調とした『太平記』の写本がキリシタン版『太平記抜書』の作成にあたって、底本として利用されているというのである。

これに対して、一部にはそれ以外の諸本が底本として利用されていること、また原田氏自身述べておられるように、慶長八年古活字本にも諸本にもない独自のテキストが見出されることも指摘されている（宮嶋一郎「きりしたん版『太平記抜書』の編集態度について」、大塚光信「解題」）。但しテキストの大部分は慶長八年古活字本と一致しているとみてよいと思われる。慶長八年古活字本は全体で四十巻三百九十九章から成るが、キリシタン版『太平記抜書』ではそのうち百四十八章がとりあげられ、かなりの省略を加えながらも、慶長八年古活字本とほぼ同文のテキストが収録されている。

書名の「太平記抜書」は、室町末から日本で盛んに作成された『太平記』のダイジェスト版や、特定の記事を抜粋収録したものを指す普通名詞でもある。『太平記』が広く親しまれるようになると、全四十巻を一冊にダイジェストしたり、或いはテキストの校異を調べて、通常のテキストにない異本の記述を集めたり、特定の対象に関わる記事のみを抜粋したりして一冊にまとめることが行われるようになった。『太平記』が幅広い階層の人々に親しまれたことを窺（うかが）わせるが、「太平記抜書」とは、もともとこうした書物の総称である。

キリシタン版『太平記抜書』の特徴は、他の抜書のように一部の対象に限らず、四十巻全体から比較的まんべんなくとりあげられていることである。可能な限り原文を活（い）かした抜粋を作成しようとの目的から製作されたことが窺われる。但しところどころ、如何（いか）にもイエズス会ならではの改竄（かいざん）がなされているが、それは後で詳しく述べよう。

『太平記』と『平家物語』の出版

キリシタン版『太平記抜書』は明治三十一年（一八九八）、イギリスの日本公使として赴任していたアーネスト・サトウにより金沢の古書肆（こしょし）で発見され、昭和二十八年（一九五三）、天理大学附属天理図書館に収蔵された。現在は上智大学の高祖敏明氏が校注された『キリシタン版太平記抜書』全三冊として活字で、しかも詳細な注釈・解説とともに読むことができる。高祖氏によれば、詳細な刊行年次は不明であるものの、装丁に使用された料紙や、第二巻以降の各冊第一丁にある目録の上部に印刷された出版許可文から、一五九八年以降一六一〇年までには刊行されていたものであることがわかるという。

もう一つキリシタン版として知られる有名な文学作品に、一五九三年に出版された『平家物語』がある。十二世紀後半の平清盛の勢威と源平の争乱とを描いた『平家物語』から、やはり六十四の段を抜粋して編集し、当時の口語に直したものである。こちらはローマ字で印刷されており、ヨーロッパ人向けに『平家物語』をダイジェストしたと思われるものである。『太平記』といい、『平家物語』といい、いずれもキリシタン版出版当時の日本では盛んに読まれ、親しまれていた書物であるから、日本の言葉や文化を広く宣教師たちに教えることが、イエズス会によるこれらの出版の目的の一つであったことは想像にたやすい。

キリシタン版の多くが日本にあったセミナリオやコレジオなど、イエズス会の教育機関で用いられたであろうから、これらの書物はまずはイエズス会士や日本人キリシタンらの目に触れたことであろう。日本語が堪能で、日本語に関する書物を著したイエズス会士ジョアン・ロドリゲス・ツウズの『日本小文典』（図2）には、日本語を学ぶための書物は、日本の文語の書物、それも「典雅な文体のゆえに日本人の間で高く評価されている古い古典作家の著述でなければならない」と述べられており、それらの「古典作家の著述」の中に『太平記』が挙げられているから、キリシタン版『太平記』も、恐らくイエズス会の教育機関で用いられたと考えてさしつかえないだろう。

特に重視された『太平記』

何故『太平記』は重視されたのか。後で詳しく述べるが、イエズス会による日本語研究の、当時としては飛び抜けた達成の一つとして、『日葡（にっぽ）辞書』がある。これは日本で用いられた日本語三万二千二百九十三語をとりあげ、発音をローマ字で、意味を日本語（ローマ字表記）とポルトガル語とで記した辞書であるが、その語の説明に引用された例文は『太平記』のものが抜群に多いとされている。日本語を学ぶにあたっても、イエズス会は『太平記』にことに注目していたことが窺えよう。以下に引用する『日本小文典』の一節からも『太

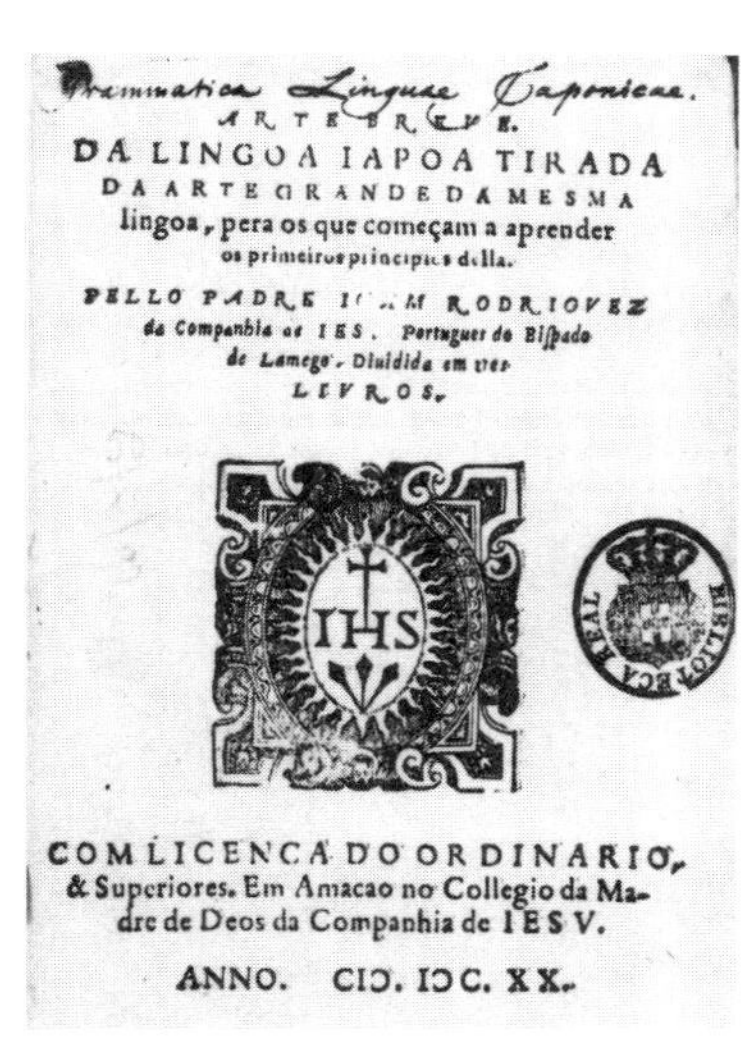
Grammatica Linguae Japonicae.
ARTE BREVE
DA LINGOA IAPOA TIRADA
DA ARTE GRANDE DA MESMA
lingoa, pera os que começam a aprender
os primeiros principios della.
PELLO PADRE RODRIGVEZ
da Companhia de IES. Portugues do Bispado
de Lamego. Diuidida em tres
LIVROS.
IHS
COM LICENCA DO ORDINARIO,
& Superiores. Em Amacao no Collegio da Madre de Deos da Companhia de IESV.
ANNO. CIↃ. IↃC. XX.

図２　『日本小文典』（日埜博司編訳『日本小文典』新人物往来社、349頁より）

平記』を特別視していたことがわかる。

まさしく日本語でものされているというにふさわしい書物で、生徒たちに講じてやってもよいものを、クラス別に分けてみるとつぎのようになる。……第一のもっとも低いクラスには「舞」および「草子」がくる。……第二のクラスには……「撰集抄」……「発心集」というものがはいる。第三のクラスには、歴史物語を意味する「物語」という名の書物（os que tem nome de *Monogatari,* idest. historia）がはいる。たとえば「平家物語」「保元平治物語」がそれ。これらはこのジャンルに属するもののうちではひときわ優れたものであり、いちだんと優雅な文体からなるものである。第四のクラスには、「太平記」とよばれる歴史物語がはいる。これは日本にあるもののうちもっとも荘重で高尚な文体のものである。

（日埜博司編訳『日本小文典』、Arte Breve da Lingoa Iapoa, f. 4v.）

『太平記』は「もっとも荘重で高尚な文体」とされており、『平家物語』より文体としても上にランクされていた。これは現代の我々からみれば奇妙の感は免れない。近代、特に戦後では『平家物語』が中世の叙事文学の代表とされ、文章の美しさや作品としての完成度からいって

『太平記』より上だとされてきたからである。それどころか、冒頭に「祇園精舎」を置く巻第一に始まり、最終巻「灌頂巻」の「女院死去」に至る覚一本に典型的なように、仏教的世界観により統一された『平家物語』に比べれば、『太平記』は一貫性がなく雑然としており、文学的には失敗作とさえいわれてきたのである。

何も近代になってばかりではない。江戸時代に、備前岡山藩の藩士湯浅常山は、「仮名の軍記のなかで最もすぐれたものは平家物語であり、その次が保元平治物語である。……太平記は修飾が多すぎて内容に乏しい（かなの軍記の中、其文の観べきもの平家物語を第一とす。保元平治物語これに次ぐ、……太平記は、文詞修飾に過て、其事実を失ふに至る）」と述べている（『常山楼筆余』巻二）。『常山楼筆余』が著された十八世紀後半の時点で既に、『太平記』の評判は、必ずしもかんばしくはなかった。

それではジョアン・ロドリゲス・ツウズの評価は何に由来するのであろうか。いくら語学の天才であっても、彼にとっては外国文学である日本文学の評価が、全く独自にできたとは考えにくい。とすれば、『太平記』に関する彼の評価は、当時の日本で一般的になされていた評価をある程度反映したものとみるのが自然だろう。言い換えれば、イエズス会が日本で布教していた時代、『太平記』は現代人の想像を超えて極めて重視されていたとみられ、それがイエズス会に『太平記抜書』を出版させた背景ではないかと想像されるのである。

　イエズス会が日本で活動していた十六世紀半ばから十七世紀初期、日本史の区分でいえば中世末から近世初頭の時代、『太平記』はどのように日本で受容され、どのように享受されていたのか。また、キリスト教を布教していたイエズス会にどのように影響を与えたのか。以下、この点を考えていきたい。

　なお、一部の古典作品の引用に際して、読者に配慮し、原文にはない句読点を加えたり、漢字や片仮名で表記されている箇所を平仮名にするなどといった変更を行っている。

目次

第四章　記憶の場「日本」

第一章　中世びとの『太平記』

Ⅰ　事典としての『太平記』

古典知識の集成

軍記物として親しまれてきた『太平記』が、実は中世の人々にとっては百科事典としての役割をもつ書物であったことを最初に指摘されたのは、中世史家の大隅和雄氏であった。大隅氏によれば、軍記物は狭義の文学としてのみならず、「武士とは何か、武士としていかに生きるかを学ぶための大切な教科書」としても読まれており、『太平記』にも「世の中と人事の百般にわたる知識」の集成がなされているという。様々な人々の行動が書き込まれ、その中で為政者の気配り、君臣関係の諸類型、臣下のあり方が詳細に描かれていることに始まり、人の死に方、恋の仕方に至るまで、登場人物の描き方を通して人間の生き方の多様な例を見出す(みいだ)ことができる（大隅『事典の語る日本の歴史』第五章）。

更に、『太平記』には孔子・孟子を始めとする諸子百家（周末から漢にかけて出現した中国の諸学者・諸学派）、天台宗の開祖である智顗(ちぎ)を始めとする中国の仏教者など、平安時代以来の公家(くげ)

たちが基礎知識としてきた中国人名、記紀神話（『古事記』と『日本書紀』に書かれた神話）や王朝文学に登場する日本人名、日本の神々の名などが、どこかで登場するように工夫がこらされており、神仏の名も含めて「この世のことなら、あらゆることが書かれているといってもよい」書物になっているという（大隅前掲書）。

事実『太平記』に登場する事柄は、当時の人々にとって、必ず知っておかなければならないような重みをもっていたことを窺わせる節がある。『太平記』の著者には諸説があって、学界での見解も一致していないが、大体十四世紀後期には既に成立していたと考えられている。それから半世紀以上が過ぎた文安二年（一四四五）～文安三年にかけて、一僧侶の手により『壒嚢鈔』という事典が編纂された。僧侶の名は行誉、洛東にあった観勝寺の、恐らくは博学の僧侶であったという以外、知られていない。書名の『壒嚢鈔』の「壒」は塵の意味、「嚢」は袋の意味であるから、鎌倉時代につくられた『塵袋』（著者不詳）という辞書に因んだ命名であり、『塵袋』に倣って作成されたと考えられている。全七巻（刊本は十五巻）、多くの部分が問答体で書かれている。

この『壒嚢鈔』が、事柄の説明にしばしば『太平記』を引き合いに出しているのである。その幾つかを紹介してみよう。

言葉を調べる

例えば「汚れた水を『せせなき』と云うのはどのような字を充てるのか、訛(なま)りか（不浄なる水を、せゝなきと云は何の字そ。又片言歟）」との問いに答え、「『せせなき』とは誤りで『せぜらき』が正しい。……『太平記』にも『せぜらき水に馬の足を冷やして』とある。要するに小川である（せゝなきとは誤り也。せゞらきと云へし。……太平記にもせゝ(ママ)らき水に、馬の足冷してと書けり。只小河也）」（『壒嚢鈔』素問上末、巻第三・二十八）とあって、「せぜらき」（「せせらぎ」の古形）という言葉の説明に『太平記』を引用しているのである。

また「『にっこと笑う』とはどんな字を充てるのか（につことわらいと云何の字そ）」との問いには、「莞爾の二字を『太平記』などでも充て『にっこと笑う』と読ませている。論語には『夫子莞爾として、笑つて曰く』とある（莞爾の二字を太平記などにも、にことわらふとよませたり。論語には、夫子莞爾として而、笑て曰くと云り）」と記され、ここでも『太平記』が『論語』とならんで典拠とされているのである（同上、巻第三・三十六）。

或(ある)いは死者の名を書きつけたものを「位牌」ということの説明として、『太平記』にみえる北条時頼の逸話（巻第三十五「北野通夜物語事付青砥左衛門事」）を引用し、時頼が身をやつして各地を遍歴していた折に摂津国で、親から相続した地頭職を家の惣領に押領され、不遇な暮らしをしている尼姿の女性に出会い、話を聞き、鎌倉に帰ってから本領を回復してやったことを記している。その中で、時頼が女性宅を訪れた折、女性が祀（まつ）っていた位牌の裏に和歌を書き、鎌倉に帰った後、時頼が尼の女性から確かに話を聞いたことを示す証拠として、その位牌をもってこさせたとのエピソードを引用して、鎌倉時代に既に位牌が存在したことの根拠としている（『壒嚢鈔』巻第十一・七）。

更に「諸寺社の門に仁王像を建てるが、仁王の名は正しくは何というのか、その意味はどこにあるのか」との質問にも、「左の仁王を金剛といい、右を力士という。或いはともに金剛力士というのかもしれない」と述べ、「その意味は、金剛は智を意味する」などの説明を述べるくだりで「『太平記』巻第九の『六波羅攻事』には、赤松配下の武士の妻鹿（めが）孫三郎長宗が、敵の矢をかいくぐって東寺の『南大門』に立った時『両金剛』と同じ背丈であったと書いてある」として「金剛」の語を挙げている（同上、巻第十一・十七。冒頭に述べたように、『太平記』は成立の過程で多くの系統の写本が生まれ、この『壒嚢鈔』がどの写本によっているかは不明だが、慶長八年古活字本『太平記』によるとこの部分、長宗は「両金剛」の前に太刀を杖（つえ）に歯をくいしばって立ったが、そのありさまは「いずれが仁王、いずれが孫三郎とも見分けられないほどだった」とある）。

こうした例は、高橋貞一氏によると、出典が明示されていなくても、明らかに『太平記』を典拠とするものも含めて少なくないという（高橋「壒嚢抄と太平記」）。以上のように、『太平記』が人々の知識の典拠として活用されていたことがわかる。簡単にいえば、ある事柄が『太平記』に記されていることそれ自体が事柄の説明として通用している、言い換えれば、『太平記』が、人々が承知しておくべき基礎知識となっていたことが窺えよう。『太平記』は事典であると同時に、当時の人々にとって知識の主要な源泉の一つともいうべき地位を占めていたようである。

ついでにいえば、『壒嚢鈔』には『太平記』に登場する表現自体が項目になっているものもある。「『太平記』などにも、人転漕（てんさう）に疲れる、と記されているが、どういう意味であろうか」との問いに、「転はめぐる、漕は運ぶことである。運ぶとは陸を運送する意味で、漕は船で運送することである」と説明している（『壒嚢鈔』巻第三・二十九）。『太平記』の表現が項目として挙がるほど、その本文がよく知られていたのかもしれない。

歴史的知識の源泉

このような性格からであろうか、『太平記』に記されている事柄を根拠として自分の正しさを主張することも行われた。文明十五年（一四八三）、応仁の乱が終わり、焼け野原となった京都にもある程度の平和が戻ってきた時代のことである。『太平記』が書かれてから約百年が経過していた。主張を行ったのは、当時大和国奈良興福寺大乗院の門跡（公家出身のトップの僧侶）の尋尊という人物で、将軍足利義尚への講義内容を記した『樵談治要』という書物を著したことで有名な学者一条兼良の五男である。尋尊は戦乱の中で興福寺の院家大乗院をよく維持し、『大乗院寺社雑事記』の名で知られる、約六十年にわたる厖大な日記を遺したが、その『大乗院寺社雑事記』に次のような記事がある（図3）。

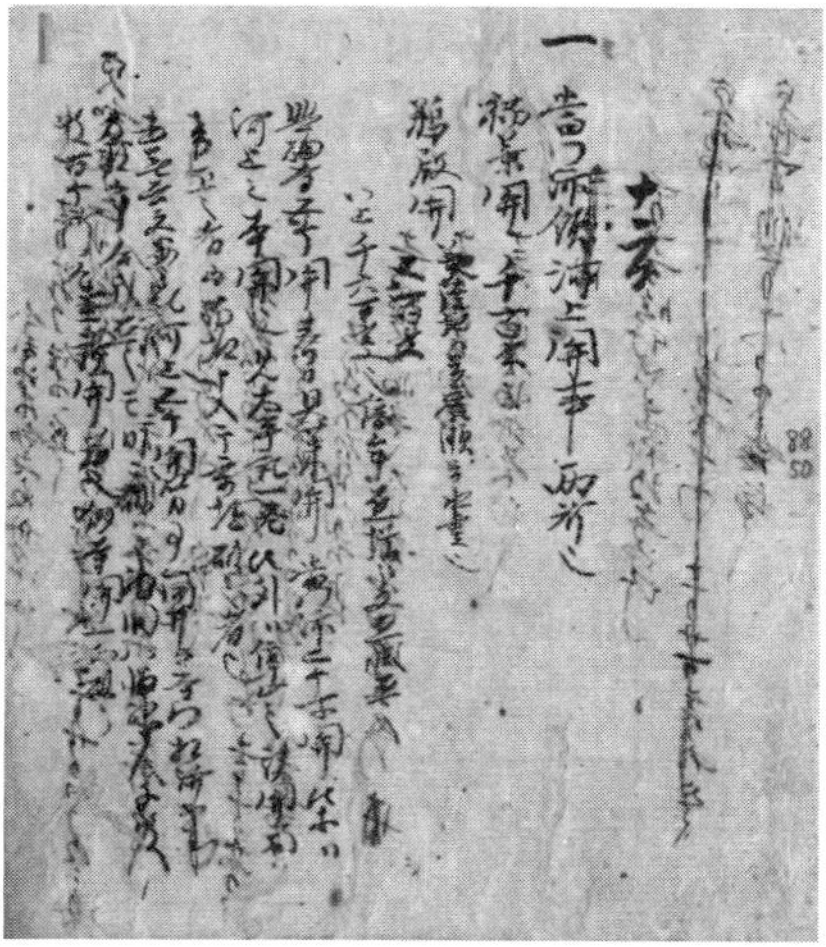

図3　『大乗院寺社雑事記』文明十五年九月十二日条（国立公文書館デジタルアーカイブ　第88冊第47葉）

大乗院門跡の所領となっているのは、河上の諸関所のうち、楠葉関と鵜殿関との二カ所である。ここから千六百貫の年貢が上がる（但し年により増減がある)。興福寺の河上五ヶ関、春日社の貝菜関、および大乗院門跡の前記二カ所の関は河上の諸関所のうち、もともとあるものであり、『太平記』巻第一にみえるものである。これ以外は設けることが禁止されており、新しく不法な「新関」がつくられたら、奈良全体として京都の幕府に訴え出て廃止すべきものである。ところが嘉吉・文安の頃(一四四〇年代)に、河上五ヶ関の権利をめぐって、興福寺と大和の有力武士である筒井氏とが抗争し、数年に及んで合戦となり、その間に五ヶ関は廃止されてしまった。その結果、八幡社の神人(下級神職)らが数百カ所も新しく不法な「新関」を立てたため、もとから由緒と権利のある関所はみんな廃止されたのである(『大乗院寺社雑事記』文明十五年九月十二日条)。

琵琶湖に発し大阪湾にそそぐ淀川は巨大な河川交通路であり、中世にはその岸のあちこちに関所(停泊する船から交通運搬税を徴収する港や泊など)がつくられており、その収益が公家、寺社、武家など領主の知行の対象となっていた。その中でも河上五ヶ関と呼ばれる関所群は、興福寺の造営料所(年貢を寺院の修理・建築の費用に充てる所領)として税の徴収権を与えられていたのである。そうした諸関所の中で、本来由緒正しいものは、先に述べた河上五ヶ関、春日社の貝菜関、および楠葉・鵜殿の大乗院の二カ所の関所だけであり、それが『太平記』にも記されている、という主張である。

これは所領の権利に関わる由緒の証明であるから、現代なら、さしずめ古地図や古い土地台帳など古文書を引き合いに出すようなものである。そうした主張に『太平記』が典拠として挙げられていることが注目されるのである。もちろん応仁の乱終息後の当時、そうした主張は全く実情から離れた、問題にもならないものであったことは、尋尊本人が「もとから由緒と権利のある関所はみんな廃止された」と書いている通りである。それでも本来は自分の言い分が正しい、という主張のよりどころとされたのが『太平記』であった。

因みに慶長八年古活字本『太平記』巻第一にも、古活字本よりも古態を残す写本とされる西源院本『太平記』巻第一にも、後醍醐天皇の即位の初めに「関所停止事」が行われ、「国の大禁」（国の重要な禁止事項）を他国人に知らせるという本来の目的から外れ、通行人から利益を貪って商売や往来、年貢運送の障害となっているとの理由から、大津の関と「葛葉（楠葉）」の関以外は「新関」を廃止したとの記述がみられるが、河上五ヶ関全体に言及した記述はない。もちろん尋尊が『太平記』のどのような写本を根拠としたのか、現代において調べることは大変難しいから、主張の当否はこれ以上わからない。ともあれ尋尊にとって『太平記』がれっきとした主張の根拠であったことは確かである。

また公家の中御門宣胤は、十五世紀後半から十六世紀前期の時代に活躍した人物で、『宣胤卿記(きょうき)』の名で知られる日記を遺しているが、その日記に『太平記』四十冊を一見した日のことが記されている。後でも触れるように(三十七頁)、彼はこの日、『太平記』に記された先祖の事績の記事に感動し、また残念がったことも書きつけているが、それとともに中御門家に伝来する屏風(びょうぶ)に描かれた、天皇の主催による和歌の会がいつ行われたかを『太平記』により知ったことを特筆している。日頃から知りたかった和歌の会の開催日時が、『太平記』巻第四十に記された記事から貞治六年(一三六七)三月二十九日であることがわかった、その会の人数などがはっきりしたから、恐らくその頃つくられた屏風であろうか、と記しているのである(『宣胤卿記』永正十四年〈一五一七〉十一月二十七日条)。

慶長八年古活字本『太平記』の巻第四十を開いてみると、そこに宣胤の記した「中殿御会(ちゅうでんぎょかい)」、即ち清涼殿における和歌と管弦の御遊(天皇主催の遊び)が、関白以下近臣から出た、非常に物入りな会である上、先例がめでたくないという反対を押し切って、後光厳(ごこうごん)天皇により行われたことが記されている。『宣胤卿記』の「そもそも中殿御会、年々その例不快のよし、各々これを申すといへども猶行はる」との記述にも一致し、中御門宣胤が、どの写本によるかはともかく、『太平記』のこのエピソードをみていることは間違いない。この事例からも、いわば歴史的事実とでもいうべきものを知るために、『太平記』が利用されていることがわかるのである。

戦国の語源学

十六世紀後期になっても事情は変わっていなかった。興福寺多聞院の僧英俊は、『多聞院日記』の名で知られる日記の大部分の記主である。『多聞院日記』は織田信長、豊臣秀吉の時代を考える上で代表的な史料の一つとされているが、英俊が記したとされる記事の中には「人がばかであることを、『馬』と『鹿』の文字を用いて『馬鹿』と記すということの由来は『太平記』にある」と書いているものがある。英俊は「ある大臣が国王に、鹿を『これは馬です。お使い下さい』と申し上げて献上したところ、国王は『これは鹿ではないか』と不審を述べた。しかし周囲の者たちすべてが『いいえ、これは馬ですよ』と申し上げたので、大臣は、宮廷の臣下たちは皆自分の威勢に服しているのだと判断して国王を滅ぼした。これがばかを馬鹿と記す習慣の始まりである」と述べているが、その詳細についてはうろ覚えだったらしく、「国王と大臣の名を調べておかなくては」と書き添えてある（天正二年〈一五七四〉三月十八日条）。

ここに記された記事を慶長八年古活字本『太平記』で調べてみると、巻第二十六の「妙吉(みようきつ)侍者(じしや)事付秦始皇帝事」にある、中国の秦の始皇帝に関する逸話がそれにあたる。もともと司馬遷『史記』の、始皇帝の伝記を記した「秦始皇本紀」にあるもので、以下のような内容となっている。
秦の始皇帝に二人の息子がおり、兄は聡明で扶蘇（ふそ）といい、弟は愚鈍で胡亥（こがい）といったが、その胡亥には趙高（ちょうこう）という大臣が仕えていた。始皇帝が亡くなった時、その遺言は兄の扶蘇を跡継ぎにするものであったが、趙高は聡明な扶蘇が位を継げば、自分が政治を思い通りにできなくなると思い、遺言の趣旨は胡亥を跡継ぎにするものである、といつわって披露した上、扶蘇を殺害してしまった。

更に王位につけた幼稚な胡亥を殺害して自ら帝位につこうと企み、鹿に鞍（くら）を置いて胡亥に献上し、「この馬にお乗りあそばされよ」と申し上げたところ、胡亥は「これは馬ではない、鹿ではないか」と仰せられたので、趙高は「そうではございません。大臣たちを召してお尋ね下さい」と答えた。胡亥が大臣らを召して尋ねたところ、大臣らは趙高の威勢を恐れて皆、馬であると口を揃（そろ）えて申し上げた。その様子をみた趙高は、皆が自分の威勢に従っていると判断し、謀叛（むほん）を起して胡亥を滅ぼしてしまった、という。

この記述をみる限りでは、これが「ばか」の語に「馬」と「鹿」を充てることの始まりであるとは書かれていない（より古態を伝えるといわれる西源院本『太平記』第二十七巻の該当箇所にもこの語源説は書かれていない）。しかし十六世紀の半ば、天文十七年（一五四八）につくられた『運歩色葉集』という辞書に「馬鹿」を「鹿を指して馬と曰ふ意なり」とあることが、新村出氏により指摘されており（新村「馬鹿考」）、この逸話が「ばか」を「馬鹿」と書く語源であるとする考え方は既にこの時代には流布していたことになる。その説の根拠は『太平記』にあるというのが、『多聞院日記』の言い分なのである。

英俊がどのような『太平記』の写本を根拠としたかはわからないが、注目すべきは多聞院英俊が、この根拠を『太平記』にある、と記していることである。それが事実かどうかはここでは問題ではない。問題は根拠を『太平記』に求めていることそれ自体である。「ばか」に「馬」と「鹿」を充てることの正確な根拠を求めるに際して、最もふさわしい書物が英俊にとっては『太平記』であったことが、この記事から窺えるのである。言い換えれば、当時の人々にとって、『太平記』の記事は、様々な知識に確かな根拠を与える権威あるものであったことが推測できるのである。

＊

以上みてきたように、言葉の漢字表記に始まり、言葉の意味、事柄の由来、歴史的事実に至るまで『太平記』が参照され、典拠とされているという意味で、『太平記』はまさしく百科事典として用いられたといっても過言ではない。十五〜十六世紀に生きた人々にとって、『太平記』は実際的な知識に始まり、中国の故事に至るまでの、いわば教養の源泉であったことが窺える。

　イエズス会の宣教師たちが印刷・出版を行ったのは、このような性格の書物であった。イエズス会が日本人と接する上で恥ずかしくない教養を身につけるために、また日本人キリシタンを教育するために、『太平記』は教科書としてなくてはならない書物だったのではないか、というような想像もできるが、今ここでは、当時の日本人にとって、百科事典ともいうべき教養の源泉であったことを確認するにとどめ、次節では、当時の人々がこの書とどのように付き合っていたか、その受容のありさまをみることとしたい。

Ⅱ　『太平記』の受容

「南朝方贔屓(びいき)の嘘(うそ)の多い書」?——『難太平記』の言い分

中世後期の人々は『太平記』をどのように利用してきたのだろうか。まず第一には、自分の先祖の事績を正確に記した史書として、先祖が正当に記述され、顕彰されていることを確認するためのものであった。このことを物語る事例には事欠かないが、何といっても最も有名なものは、南北朝期の武将今川了俊（貞世）により書かれた『難太平記』と呼ばれる書物である。この書物に著者がもともとつけたタイトルはわかっていない。ただ『太平記』の記述が不正確であることを批判した部分が有名になったため、後世にこのタイトルになったのであり、本来この書は、父祖と自分の事績を記し子孫に伝える目的で書かれたものとされている。

了俊の記述で最も有名なのは、「この『太平記』の作者は南朝方贔屓の者で、事情を知らないからこのように書いたのであろうか。……大体『太平記』には間違いも嘘も多いのであろう（この記の作者は宮方深重の者にて、無案内にて押てかくの如く書きたるにや。……総てこの『太平記』のこと、誤りも空事も多きにや）」との部分である。同時代に生きた今川了俊のこの批判が決定打となって、『太平記』は南朝方贔屓の者が書いたから、歴史的記述が不正確である、という評価が今に至るまで広く知られている。

しかし、この部分を綿密に読むと必ずしも全面否定の発言にはなっていない。そもそも「南朝方贔屓」と述べた理由は、足利尊氏が六波羅合戦で後醍醐天皇に降参したと『太平記』が記していることである。尊氏方の今川家にとっては、このような根も葉もない尊氏の行動が記されるとは「かえすがえす無念」のことであったからである。この記述をきっかけに「大体『太平記』には間違いも嘘も多い」という、了俊の批判が噴出してくる。

しかしその批判の中に「この『太平記』の十中八九は創作である。(もちろん)大体の記述は間違っていない。人々の高名(手柄)については作り話が多いはずである(この記は十が八、九は創り事にや。大方は違ふべからず。人々の高名等の偽り多かるべし)」と書かれている点も注目すべきであろう。了俊の批判は「人々の高名」、つまり誰がどんな手柄を立てたかという部分に集中しているのである。それでは何故、『太平記』の「人々の高名」の部分には作り話が多いのだろうか。

正史たるべき『太平記』

了俊によれば、「(高名を)書き加えてほしいとの要望に応えるままに書いたから、人々の高名は無数に書かれている。だから随分高名を立てたはずの人々も、単に名前だけしか書かれていない場合もあるし、手柄の内容が全く省略された人もあるはずである(次でに入筆共を多く所望して書かせければ、人高名数を知らず書けり。さるから随分高名の人々も且く勢揃へばかりに書き入たるもあり。一向略したるもあるにや)」という。多くの人々が、自分やその係累(親族など関係者)

の手柄を書いてほしい、と要望したのをそのまま書いたために、ありもしない手柄話が多くなったというのである。

だからこの点に注目すると、了俊の評価は「大体の記述は間違っていない、しかし軍功に関しては不正確な作り話が多い」ということになる。そのためか、『太平記』の十中八九は創作だというわりには次のような記述もみられる。例えば自分の父今川範国が足利直義（ただよし）に尽した忠義とそれに対して直義から賜った言葉について、「このことなどは知らぬ者のないことであるから、『太平記』にも記すよう申し入れたいことである。或いはそのお尋ねもあろうかと思い、ここに記しておくのである（この事などは殊更隠れなき間、『太平記』にも申し入れ度く存ずる事なり。若しさる御沙汰やとて今注し付くものなり）」と記している。

『太平記』の著者が「南朝方贔屓の者」ならば、今川範国が足利直義に尽した忠義など記すはずはない。「南朝方贔屓の者」の作との評価は、自分の先祖の事績が正当に書かれていないことに憤激したあまりの罵詈（ばり）雑言とみる余地もある。今川了俊からみても『太平記』は権威ある史書として、当事者の証言を徴した上で正確に記述さるべき記録だったと思われる。

細川清氏の謀叛騒動の際にも今川範国が、わが子（了俊）を犠牲に供する働きをしたのに、『太平記』には将軍足利義詮（よしあきら）が新熊野（いまくまの）に籠（こ）もられたとしか書かれていないことをとりあげ、

「どうして『太平記』に書いていないのか。これも『太平記』の作者に後で報告しなかったためか（などやこの『太平記』に書かざりけん。これもこの作者に後に申さざりけるにや）」と不満を述べている。本来『太平記』は先祖の武勲を正確に記すべき書であり、「いわば南北朝の動乱に関する正史」（加美宏『太平記享受史論考』百三十七頁）であると『難太平記』の著者自身が考えていたようである。

先祖の名誉のために

了俊の子孫今川氏親も、妻の父である中御門宣胤に次のように書き送っている。これは宣胤が、『太平記』中で今川の名字が出てくるところを抜書きして送ってくれたことに対する礼状であるが、その中で「当今川家の将軍に対する忠節は抜群であり、その確かな証拠も手元にあるのに、『太平記』には他の家と同じ程度にしか書かれておりません。それどころか著者の私情によって、それほどの忠節がない家も抜群の忠節があったように書かれているということです。先祖の今川了俊も、『足利直義殿が読んだところ誤りが思った以上にあるので、訂正するように仰せられた』と書いたものを遺しております（前述の『難太平記』を指す）。今更申しても詮ないことながら、ついでに申さずにはおれません」と記している（『宣胤卿記』永正十五年〈一

五一八〉九月紙背文書・八月六日今川氏親書状）。

手紙を受け取った中御門宣胤も『太平記』に書かれた先祖の事績には多大の関心をもっていた。手紙より九カ月ほど前であるが、永正十四年（一五一七）十一月に宣胤は『太平記』全四十冊を一読し、幕府によって後醍醐天皇が隠岐に流刑にされた折、先祖の中御門宣明が当時八歳であった後醍醐天皇の「四宮」（四番目の子。但し『太平記』には「九宮」と書かれている）を預かったという、天皇への忠節が巻第四に記されていることを「わが家系の名誉（当流の面目）」であると感激し、その箇所を抜書きしている（『宣胤卿記』永正十四年十一月二十七日条）。その一方で、後に足利義詮が上洛した時に、宣明が自分の宿所を提供したことが宣明の日記によって確かめられる事実であるにもかかわらず、『太平記』には記述がないことを「無念と言ふべし」と慨嘆している（同上）。宣胤にとっても、今川家の人々と同様、『太平記』に先祖の事績が正当に記されることは強い関心事だったのである。

室町時代、相国寺鹿苑院にある蔭凉軒は、足利義持の始めた寮舎であるが、その蔭凉軒主に季瓊真蘂が就任すると、軒主は五山十刹を統括する幕府の要職となった。季瓊真蘂は播磨国の守護大名赤松氏の一族上月氏の出身である。彼は同族の葉山三郎、上月六郎らと一緒に、江見河原入道なる人物が、遊興のため『太平記』を読むのを聴聞している（『蔭凉軒日録』文正元年〈一四六六〉閏二月六日条）。そして先祖赤松円心の手柄話を聞いて「我が家の名誉というべきであり、それを聞けることは大変幸せである（もっとも当家の名望たり。これを聞くは幸ひたるなり）」との感想を述べている（同上）。

『太平記』に自分の先祖の事績が記載されることは、とりもなおさずその家の名誉であり、その書かれ方は、加美宏氏が指摘されるように、家に対する世間の評価に直結するものであったことが窺える（加美前掲書）。現代の感覚では、『太平記』は歴史的事実を基にして創作された文学作品にすぎないように思われるが、この時代の人々にとってはそれ以上に、自家への評価に関わるような史実を含む歴史書だったのであろう。

天皇家の『太平記』書写

天皇家においても、十五世紀に二度ほど『太平記』の書写が行われていることが知られている。第一は十五世紀前半の永享八年（一四三六）で、五月十二日、崇光天皇の孫で後花園天皇の父である伏見宮貞成に、『太平記』を新たに一部書写するよう天皇の命令があり、面々で手分けして写すようにと、料紙が下賜された（『看聞日記』同日条）。更に二十日になり、書写すべき肝心の『太平記』が冷泉永基を使者として内裏から届けられ、書写についての詳細な指示があったが、要は人々の間で分担して書写するようにとのことであった（同上、同日条）。

それからしばらく、貞成の『看聞日記』に『太平記』書写に関する記事はなく、九月十日になって二十五帖が書写されたとの記載がみえる。これだけの書写に約四カ月、分担したにしろかなりの手間がかかったのであろう。十六日にはまず二十六帖に表紙をつけ、上下を切り揃え、二十六日に『太平記』の二十九帖分をまず内裏に献上したという。残りはまだできていないとあるが、書写に関する記事はここまでであり、その結末は不明である。『太平記』の原本は内裏にあったことがわかるが、後にみるように伏見宮家で『太平記』を皆で朗読して楽しんだ時（四十三～四十四頁）も、「内裏」から貸し下されたことがきっかけであるから、『太平記』の原本自体がこの頃は希少であり、大事に保管されるべきものであったことが窺える。

次に天皇の命令で『太平記』の書写が行われたことがわかるのは文明十七年（一四八五）である。十月から十一月にかけて多くの公家らに後土御門天皇から書写が命じられた。例えば十月十五日には三条西実隆へ『太平記』の巻第十二の書写が（『実隆公記』同日条）、十九日には近衛政家に『太平記』の一帖の書写が命じられ（『後法興院記』同日条）、二十八日には近衛政家が書写を終えた『太平記』剣巻を進上している（同上、同日条）。これと並行して編集・校正の作業もなされ、十月二十五日には天皇の前で『太平記』の目録についての談合が行われ（『実隆公記』同日条)、二十八日には甘露寺親長が天皇から呼ばれ、「今度人々に新たに書写が命じられた」『太平記』のうち、親長が書写した部分の書き直しを行い、また恐らく近衛政家から献上されたのであろう剣巻を読むよう命じられ、親長は誤写の部分に付箋をつけている(『親長卿記』同日条)。

十一月に入ると校正作業が進められ、十五日には天皇の前でも校正作業が行われ(『実隆公記』同日条)、十六日には巻第十二が完成、十七日にはまた校正作業が行われ、二十日にも、二十五日にも、二十八日にも行われたことがわかる(いずれも『実隆公記』)。そして年が明けて文明十八年(一四八六)二月十七日、『太平記』の銘(タイトル)が三条西実隆の手で揮毫されており(『御湯殿の上の日記』同日条)、この頃完成したことが窺われる。ちょうどこの頃、後土御門天皇の意を受けて多くの公家らが応仁の乱で焼失した内裏の蔵書を修復すべく書写を行っていたとされており、『太平記』の書写もその一環としてなされたものと考えられる。

『太平記』の研究

このような書物であったから、天皇家のみならず、武士の間でも蒐集や研究が行われていた。その一人が北条早雲である。北条早雲といえば戦国期の関東を支配した北条氏(後北条氏)

の始祖として有名である。もともとは室町幕府の中心的な役所である政所の執事（長官）を代々世襲する伊勢氏の一族で、伊勢盛時と名乗っていた。今川氏親の親類であり（早雲の姉妹が氏親の母）、氏親の家督継承に関わって関東に進出し、堀越公方（室町中期、関東地方の内乱の中で古河公方と抗争していた関東公方）を滅ぼして関東に力を伸ばした。この北条早雲が日頃から『太平記』を愛読していたことが、武田信懸という人物が所有していた今川家本『太平記』の写本の巻第一の奥書から知られる。

　この奥書によると早雲は、平生から『太平記』を愛読して類本を集めて、色々調べた上、下野の足利学校（下野国足利荘〈栃木県〉にあった漢学研修の学塾）の学者に頼んで更に調べさせ、この本を携えて上洛し、京都の壬生家に頼んで朱点や読み仮名を加えさせたという。信懸は今川氏親から『太平記』を借りて、自身の右筆（主人の書記を務める文官）である「丘可」に書写させたが、誤りが多かったために、親しかった早雲からも『太平記』を借りて書き直させたようである。

　後で述べるように武家社会でも『太平記』は愛読され、享受されていたが、その注釈が行われ、研究までもされていたことは、なみなみならぬ『太平記』への情熱を感じさせるものである。加美宏氏によれば十六世紀前半には二つの注釈書も現れた。まず、永正年間（一五〇四〜

二一）に『太平記聞書』がつくられたが、これは『太平記』全巻から約二千の語句を選び出して簡単な注釈を加えたものである。その初歩的な内容からみれば、旧来の知識階級ではなく、子供や知識階級ではない人々を対象にしたものである可能性が高いという。また天文十二年（一五四三）には『太平記賢愚抄』が著されたが、これは注釈のため二千二百弱の項目をとりあげており、語彙（ごい）の出典を明示したところに特色があるという。学問の素材として『太平記』が利用され始めたことを窺わせるものである。

学問的研究の成果もこの頃に現れ始めている。戦国大名の西の雄の一つである毛利家に伝わっていた毛利家本『太平記』（水府明徳会彰考館蔵）は、毛利輝元から真宗の本山の一つ、興正寺の住持（住職）准尊（じゅんそん）（西本願寺の当時の住持准如（じゅんにょ）の甥（おい））に授与されたと奥書に書かれており、室町末の成立とされている。小秋元段氏によると、この毛利家本は諸本と異なって、『太平記』成立の当初から存在していた年代に関する誤謬（ごびゅう）が改められているという（小秋元『太平記・梅松論の研究』、二百六十五〜二百六十六頁）。

第一に、巻第二に記された日野資朝（すけとも）が死罪になった年が、諸本では佐渡に流された翌年となっているのに対し、毛利家本では「先年」（数年前）流罪にされたと記し、流罪の翌年死罪になったという諸本の誤認が訂正されているという。また元弘の年号が建武に改元された年が、諸本では元弘三年（一三三三）もしくは元弘四年（一三三四）七月とされているのに対し、毛利家本は、天正本系の写本により元弘四年正月という正確な年月を記しているという。毛利家本は、徐々に『太平記』が史書として進化していくさまを窺わせるものといえよう。

このように、単に脚色された戦の話を記した文学作品としてではなく、歴史書としての重大な関心が『太平記』には寄せられていたのである。

遊興の場で

一方で、遊興の席でも『太平記』はもてはやされた。中世びとは、学問の対象としても娯楽の対象としても『太平記』や、後に触れる『平家物語』と深い付き合いをしていたようである。こうした点は現代にも通じるものといえよう。

まず室町時代、先ほど出てきた伏見宮家（三十八頁）で行われた宴席で『太平記』が読まれていたことが知られる。永享八年（一四三六）四月に、天皇家から『太平記』十一帖が貸与された。この時代、既に著名な作品となっていた『太平記』も、写本は貴重であり、おいそれと目にすることはできなかったのだろう。伏見宮貞成は「畏れ多くも嬉しい（畏悦）」との感想を日記に記している（『看聞日記』四月六日条）。更に二十八日、また『太平記』九帖が同じく天皇家から下された（同上、同日条）。

五月六日には、貞成自身が、宮家に仕える女性たちの前で『太平記』巻第一を読んでいる。宮家に仕える家来や「女中」らの集まるくつろいだ場で読まれ、楽しまれていたことがわかるのである（同上、同日条）。翌七日には当主の貞成と妻の庭田幸子始め、庭田重有、世尊寺行豊（せそんじゆきとよ）ら近臣たちの間で双六（すごろく）が行われ、負けた者たちは罰ゲームとしてその後に行われた酒宴の費用を負担したが、その酒宴の場で庭田重有が『太平記』を読んでいる（同上、同日条）。

伏見宮家は、北朝の崇光天皇の子孫の家であり、恐らく南北朝の内乱を描いた『太平記』の登場人物にも、他の人々と違った思い入れがあったことは容易に想像されるものの、内輪の団欒（だんらん）や宴会の席で読まれていることを考えると、この当時『太平記』が人々の前で読まれ（恐らくは朗読され）、それを聴くことは、気晴らしや酒宴にふさわしい娯楽であったのだといえよう。

『太平記』を読み、それを聴くという娯楽が行われていたのは、高度な文化の担い手であった京都の公家のみに限ることではない。薩摩国（さつまのくに）島津家の家臣たちの間でも行われていたのである。島津義久のもとで家老職となり、島津家の主だった武将の一人として活躍した上井覚兼（うわいかくけん）の家でも遊興の席でしばしば『太平記』が読まれていた。天正十一年（一五八三）正月には、覚兼の居城宮崎城で二十三夜の月の出を拝む月待（つきまち）が行われたが、読経が終わった後に『太平記』が読まれている（『上井覚兼日記』正月二十三日条）。

また、上井家に客人を招いての茶・酒の席でも物語の語りが楽しまれ、ついでに『太平記』一巻が読み聞かせられている（同上、天正十二年〈一五八四〉五月二十八日条）。更に雨のふる日、人々が家の中で物語を聴いたり唄を歌ったりという遊興が行われている時にも『太平記』一、二巻が読み聞かせられている（同上、同年七月二十三日条）。こうした娯楽は戦陣においても行われた。天正十二年八月、上井覚兼は島津義弘に従って肥後攻めに出陣したが、その陣中で、酒宴や囲碁などの気晴らしが行われるとともに、やはり『太平記』を覚兼自身が皆に読み聞かせている（同上、十月十日条）。戦に向かう武士たちは、先人の武勇談が聴きたかったのであろうか。戦もまた、受け継がれてきた伝統文化とともにあったのかもしれない。

『太平記』を愛読したのは、特に戦を仕事とする者に限られてはいない。女性も重要な愛好者であった。先ほどの伏見宮家で、宮家に仕える女性たちが『太平記』を聴いていたと述べたが、女性が特に朗読を求める場合もあった。公家の三条西実隆は、尼寺三時知恩寺からの要請により出向き、『太平記』を読んでいる（『実隆公記』延徳二年〈一四九〇〉六月六日条）。一名「世田谷御本」とも呼ばれた相承院本『太平記』は、北条長綱（宗哲、幻庵）が吉良家に嫁いだ娘（北条氏康の娘ともいわれる）の希望により書き写したものであり、ここにも『太平記』を愛好する女性の姿がみられる。

太平記読と興行

これだけ様々な人々に『太平記』が愛好されていたとすれば、その享受の場は私的な寄合や学問的研究だけに限られなかったのは当然のことであり、多くの人々を集めた興行の場でも親しまれていた。文正元年（一四六六）五月には、成仏寺という寺院で『法華経』の談義（一般向け解説の興行）が行われたが、談義が終わってから、一禅僧によって『太平記』が読まれている（『後法興院記』文正元年五月二十六日条）。また延徳三年（一四九一）五月に京都の烏丸（からすま）観音堂でやはり、仏教の談義が行われたが、そのついでに談義を担当した僧侶によって『太平記』が読まれた（『親長卿記』延徳三年五月十六日条）。

十六世紀には『太平記』を読むことを技芸とする人々が史料に登場する。永禄四年（一五六一）、戦国大名毛利元就・隆元父子が小早川隆景の居城雄高山を訪れていた折の閏三月二日には、毛利隆元が「一芸」を召して『太平記』を読ませたことが知られるし（『毛利家文書』四〇三）、また「太平記読」なるものを呼んだとの記述もみられ（『厳島野坂文書』一二八九、五月二十四日林就長書状）、「太平記読」と呼ばれる一種の芸能者が存在したことは間違いないように思われる。とすれば、このような芸能が生業として成り立つほど、『太平記』聴聞の需要は大きかったことになる。「太平記持読」と呼ばれる存在もいた（『多聞院日記』慶長四年〈一五九九〉四月四日条）。

江戸時代になると、納涼のための興行で「太平記読」と呼ばれる芸能者が活躍していたことが知られる。十七世紀後半には、「〇〇訓蒙図彙」（初心者向け図入り解説書）という表題をもつ書物が流行し、次々と出版されたが、その中に元禄三年（一六九〇）に出版された『人倫訓蒙図彙』がある。様々な芸能者が解説されているが、そこで「太平記読」も解説されており、「京都の祇園や糺の森の納涼の場で、むしろを敷いて座って行う講釈から始まった」とその由来が推定されている。「最近現れた人々で、『太平記』を読んで物乞い（「物もらひ」）をする」とあり、図4をみてもわかるようにぼろぼろの衣装を着ている。この解説によれば、「昔は畳の上で暮らせる身分だったからこそ（『太平記』を）つっかえつっかえ読めるのだが、生半可で

図4　太平記読（『人倫訓蒙図彙』巻七、国会図書館デジタルコレクションより）

図５　平家物語・太平記講釈図（金沢美術工芸大学蔵『風流絵本唐くれなゐ』より）

このありさまなのだろう（むかしは畳の上にもくらしたればこそ、つゞりよみにもすれ、なまなかかくてあれよかし）」と散々ないわれようである。

但し、太平記読がすべてこのようなみすぼらしい人々だったわけではなく、きちんとしたなりと道具立てで『太平記』を講釈する人もいたらしい。江戸時代の画家大森善清の描いた絵を基に編纂されたとされる『風流絵本唐くれなゐ』という絵本（金沢美術工芸大学蔵）には、京都四条河原の納涼の場が描かれているが、そこでは語り手が、縁台を思わせる台の上に書見台を置いて座り、『平家物語』とともに『太平記』を朗読する姿が描かれている（図５・太田昌子氏のご教示による）。

＊

以上みてきたように、中世から近世にかけて書物文化の中心であった公家はもちろん、武士にも『太平記』は親しまれ、重視され、大事な文化的共有財産、共有される記憶の場として享受されていたのである。イエズス会宣教師が、日本人キリシタンの人材を育成するにあたって、『太平記』をその教科書に選んだのは、こうした面からみれば当然のこととも考えられよう。

第二章　『太平記』と日本人の心性

Ⅰ 『太平記』の世界観

『太平記』は中世の日本人にとって、重要な知識の源泉であり、歴史として共有された過去の記憶であり、日常の娯楽の場でも大変なじみ深い存在であった。言い換えれば集積された過去の重要な遺産の一つであったといえよう。しかし中世を通じてそれほど重要な存在でありながら、冒頭に述べたように、近世後期以降、とりわけ近代になってからの『太平記』の評判は必ずしもかんばしいものではない。どのような世界観や思想のもとに、南北朝争乱の歴史が著されているのか、その肝心の点が、極めて豊富な逸話や故事の数々に埋もれてはっきりとはわからないことが、このような悪評の一因となっているのであろう。そこで本章では『太平記』がどのような思想に基づいて書かれているのかに注目してみたい。

儒教道徳と因果律の交錯

『太平記』の冒頭には、漢文で書かれた序文がある（図6）。ここに書き下しの形で引用してみよう。

蒙窃かに、古今の変化を採て、安危の来由を察るに、覆ふて外なきは天の徳なり。明君これに体して国家を保つ。載せて棄つることなきは地の道なり。良臣これに則つて社稷を守る。もしそれその徳欠くるときは、位ありといへども、持たず。所謂夏の桀は南巣に走り、殷の紂は牧野に敗らる。その道違ふときは、威ありといへども久しからず。曾て聴く、趙高は咸陽に刑せられ、禄山は鳳翔に亡ぶ。是をもつて前聖慎んで法を将来に垂るゝことを得たり。後昆顧みて誡めを既往に取らざらんや。

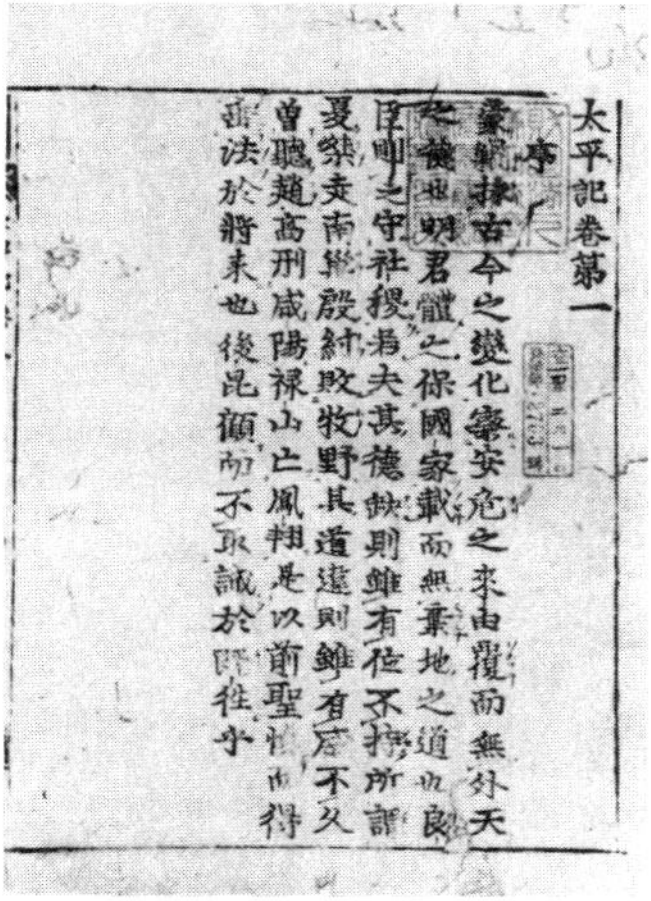

図６　『太平記』序　慶長八年古活字本（後藤丹治他校注『太平記』一〈日本古典文学大系34〉岩波書店、口絵より）

〈私がひそかに昔から今に至る世の移り変わりを考え、安楽と危機との由来を判断すると、例外なく重要なのは天の徳であり、賢明な王はこれを体現することによって国家を維持するのである。同様に例外なく決定的なのは地の道であり、よい臣下はこれに則（のっと）って土地や作物の神を守るのである。もし徳がなければ王位にあってもその位にとどまることはできない。夏の桀は殷の湯王により南巣に放たれて亡び、殷の紂王は牧野で周の武王に敗れて死んだのである。また地の道に背く臣下は、権勢を誇っても長く栄えることはできない。秦の始皇帝の臣下であった趙高は結局咸陽で処刑され、唐の安禄山は嗣子に鳳翔で殺されたという。だから、昔の聖人が天下を治める法を後世に教え下すことになったのであり、後世の者は過去を顧みて、昔の聖人の誡めに従わなくてはならないのである〉（筆者現代語訳）

臣民の上に立つ王は徳をもたなければならず、臣下は道に基づいて生きなければならないこと、徳を失った王は必ず滅亡し、道を踏み外した臣下も滅びることを、遠い過去の中国の事例を引用して警告し、過去に学んで聖人の教えに従うことを説いている。典型的な儒教的主従道徳の表明といえよう。

それでは『太平記』において儒教道徳を前面に出した勧善懲悪の歴史叙述がなされているかといえば、決してそうではない。道徳的に正しい者が滅びたり、不道徳な悪人が逆に栄えたりする挿話が幾つも登場する。何故そういうことになるのか。その説明として『太平記』が持ち出すのは、この世の人間の目にはみえない因果によってそうなるのだという論理である。

因果のなせる乱世

その論理を表明している箇所として有名なのは「北野通夜物語事付青砥左衛門事」（巻第三十五）の名で知られる話である。これは京都の北野天満宮に参籠（願をかけて神社に宿泊し夜通し祈ること）した人物が聞いた、三人の人物の会話が記された場面である。六十歳くらいの関東訛りの遁世者、朝廷に出仕している風情で儒学に通じていると思しい公家、それに律師・僧都の僧官（天皇から賜わる僧侶の官）をもつと思しい僧侶が一緒に連歌に興じているうちに外国や日本の古い話をし始める、という設定で始まる。

今の世が鎮まらない原因は何か、との公家の問いに答えて遁世者が、足利政権の支配者に王として必要な徳のないことを、鎌倉時代の諸執権の逸話を引きつつ批判する。それを受けて公家が南朝の朝廷で行われている政治も大差ないと、南朝を批判する。そこで僧侶が口を開いて「原因は公家の罪とも武家の不法とも言い難く、ただ因果によるものと考えられる」と述べ、「仏教の説くところを考えれば、臣下が主君を亡きものとしたり、子が父を殺したりするのは本人一人に帰すべき悪ではなく、現在の乱世も過去の因果によるのである」と述べるのである。

同じような言説は、羽黒の山伏雲景が京都郊外で出会った山伏から、冥界にいる崇徳上皇以下の魔王たちが現世に乱を起すありさまをみせられる「雲景未来記事」という有名な話（巻第二十七）でも語られる。「蛮夷」（野蛮人）で賤しい身分の武士が世の権力を握ることは正しいことではないが「因果のなせることである（因果業報の時到る故なり）」と述べ、後醍醐天皇が鎌倉幕府の執権北条高時を滅ぼしたことも、後醍醐天皇の徳が高かったからではなく、高時が自滅する時を迎えたからだ、天皇に徳のなかった証拠には高時にも劣る足利氏に世を奪われたではないか、と述べるのである。

これらの言説の論理は、儒教の君臣道徳を説き、それが世の中を動かすと述べる序文とは全く異なっているのである。この世を動かすものすべては遠い昔からの、様々な原因と結果の連鎖であり、道徳ではない、という因果律の考え方がこれらの言説の背景にある。

乱世を映す鏡

それでは『太平記』のすべてが因果律に則って叙述されているのか、といえばそうでもない。例えば細川清氏の行動を叙述した部分である。清氏は佐々木道誉の讒言のせいで将軍足利義詮に謀叛の嫌疑をかけられ、討伐されかけて都から逃亡した。その後南朝方に与して京都を攻め、今度は足利義詮の方が京都から逃亡せざるを得なくなったのだが、その折「君は船、臣は水、水よく船を浮かべ、水また船を覆すなり。臣よく君を保ち、臣また君を傾く」と述べ、唐の名臣魏徴が太宗を諫めたという『貞観政要』（唐の太宗と臣下たちとの問答録）の言説通りになった、と儒教の考え方を前面に出して叙述している（巻第三十七「新将軍京落事」）。

　このような、それぞれに異なる哲学が、一見雑然と混在しているところが『太平記』を失敗作だとする酷評の一因となっている。それでは『太平記』は、本当に雑然とした挿話の集成に過ぎないのだろうか。この点について興味深い見解を述べておられるのは、和田琢磨氏である。氏によれば、先ほど引用した漢文の序文と内容とのへだたりは次のような事情によるという。即ち人間の無力さをも重々認識した上で「現世において人間ができることは何かという観点から」乱世の様相を捉えようとするのが『太平記』の基本的な視角である、と。つまり読者は極めて理想的な序文を一方に置くからこそ、その道徳の通じない乱世の様相を容易にみてとることができるのである。即ち序文を「現世を批評する際の規準」「乱世を映し出す鏡」として提示し、実情との、いわば落差を明示することで、乱世を生々しく活写するのが『太平記』である、と（和田「「序」の機能」）。

　この興味深い指摘を筆者なりに言い換えると、次のようになる。世の中を動かすものは、儒教道徳など通用しない、人間の知恵や力量を超えた摂理、即ち因果律である。しかし人間が現実に行動する際には自分の知恵と力量に頼るしかなく、その知恵と力量ではとうてい世の中を動かす大きな因果律など知り得ない。ではどうすればよいのか。大きな因果律の前では無力であることを自覚しつつも、最高の正義として支持されてきた儒教道徳を規準にするほかはないということになろう。決してすべてを理解し得ない因果律の存在と謙虚に向き合いつつ、しかし現実に対処するに際しては、人間の知恵がつくり上げてきた規範である儒教道徳に従うべし、というのが『太平記』の哲学ということになる。

和田氏の述べておられるように「『太平記』に「明君」は存在しない」し、「「良臣」はわずかに存在するものの、彼らが活躍することも皆無に等しい」。それが乱世そのものなのである。人知で判断できる正義をふまえつつ、人知・人力の及ばない乱世を追体験させるのが『太平記』だということになる。ここには人間の力量や努力への信頼も、未来の進歩を信じる楽天的な歴史観もない。あるのは、乱世を終息させたり、正しい秩序を築いたりすることが人間の側からはそもそもできないという、いわば無力の自覚である。

しかしながら、何をしても無駄だし、何をしても自由だということにはならない。むしろ、それとは逆に、これまで人間の歴史が蓄積してきた遺産をあらん限り動員して生きるべきだ、という観念ないしエートスに『太平記』は貫かれている、ということができるのではないか。そのようにみてくると、ストーリーの本筋からは明らかに脱線とみられるような中国の故事や、日本の古い歴史的逸話や、神仏の霊験譚（れいげんたん）などがふんだんにちりばめられ、先に述べたように、さながら百科事典のような体裁となっている『太平記』のありさまが改めて注意を惹（ひ）く。この一見雑然とした知識の集積が当時の人々にはどうみえていたのであろうか。なかなか興味のあるところである。

外面の五常・内面の信心

さて、和田氏の指摘を手がかりとすると、注目されるのは、現実社会での行動においては儒教道徳に基づき、一方、内面では目にみえない摂理への敬虔（けいけん）な信仰をもって仏法に帰依するという行動様式が、南北朝期から、しばしば理想的なものとして考えられるようになることである。一例として、南北朝の内乱期に南朝方の武士として活躍したことで著名である肥後国菊池氏についてみてみよう。

菊池氏は曹洞宗（そうとうしゅう）の僧侶大智（だいち）に帰依し、彼を氏寺聖護寺の住持に迎え、一族団結の中核としたことでも知られているが、その菊池一族が、聖護寺に納めたと考えられる起請文（神仏に対して捧げる誓約書）に、外面的な行動においては儒教道徳に従い、内面の信心においては仏法に帰依するとの趣旨のものがみられるのである。例えば興国三年（一三四二）三月十七日の菊池武直の起請文には、「外には五常・天道の正理を行ひ、うちには解脱生死の一大事を守る」（『広福寺文書』）と記されている。

「五常」とは仁（慈しみ）・義（人の守るべき正しい道）・礼（社会秩序維持のための規範）・智（正しい是非の判断）・信（誠実）という、儒教道徳で重視される五つの徳目である。「天道の正理」の「天道」は、後述するように言葉自体は中国由来のものであるが、日本人にも根づいた観念であり、「天道の正理」といえばその天道にも適うはずの正義とみてよかろう。一方「解脱生死の一大事」とは、生に執着し死を厭う煩悩を去り、正しい悟りを得る道、要するに仏教の信仰である。従って外面では五常や現世の正義を守って行動し、内面では人智・人力を超えて救済の道を開く仏法に帰依する、というのがこの起請文の趣旨である。人間にははかりしれない因果と謙虚に向き合いつつ、儒教道徳を守って行動するという『太平記』の哲学とほぼ重なっていることが注目される。

同じような趣旨の誓いは菊池一族の他の起請文にもみえる。同年五月三日の菊池武貞ら連署の起請文には「外には五常・天道の理に順じ、内には出離生死の法を行ひ」（同上）と書かれており、同年八月七日の菊池乙阿迦丸のものにも「外には五常・天理に順じ、うちには大乗心法を行ひ」（同上）と記されている。彼ら菊池一族はこの時代、九州の地で南北朝内乱の渦中にいたのであるが、『太平記』にみられる思考様式を共有していることは、非常に興味深く思われる。

「五常」と「信心」の広がり

　こうした思考様式は、真宗本願寺派の中興の祖とされ、十五世紀後半に活躍した蓮如の『御文』にも見出される。真宗は鎌倉時代の僧親鸞を開祖とする浄土系の、つまり阿弥陀如来への専一な帰依を趣旨とする宗派である。そのうちの本願寺派とは親鸞の子孫が代々住持を務めてきた本願寺を本山とする一派である。親鸞生前に教えを受けた弟子たちが創始した真宗諸派の中にあって、当初はさほど大きな存在ではなかったが、蓮如の時代から、幕府と結びつきながら大きな発展を遂げていった。蓮如が消息（手紙）の形式で真宗の教義を解説した『御文』も、この発展に寄与したとされている。

　その『御文』の中で蓮如は親鸞の言葉を引用し、「たとえ牛を盗んだと嫌疑をかけられるようなことがあろうとも、仏法者・後世者（仏法に深く帰依した人）と人からみられることだけは、くれぐれもないように、常人と変わらぬ振舞いをせよ。仁・義・礼・智・信の徳目をよく守り、王法（現世の支配者の法）を遵守し、内心では阿弥陀如来の他力の信仰を維持せよ」と述べている（『蓮如上人遺文』八十四、文明七年〈一四七五〉十一月二十一日『御文』）。自分の信仰を外にひけらかすのではなく、何の変哲もない在家の庶民として深い信心をもつことが大事だというのがその趣旨であるが、ここでも先ほどの菊池一族と同じ思考様式がみられるのである。

こうした思考様式は特に真宗という宗派固有のものではないようである。というのは、同じ時期に遠江国で曹洞宗の伝道に従事した松堂高盛という僧侶の語録（説法集）にも類似の言説がみられるからである。曹洞宗は鎌倉時代の禅僧道元を始祖としており、真宗とは全く異なる宗派である。その曹洞宗の僧松堂高盛は、明応七年（一四九八）に日本を襲った大地震の惨憺たる被害に直面して人々に説く。曰く、本年の地震・暴風雨などの災害は人々自身の心の荒廃がもたらしたもので外から来たものではない、仁義を忘れた貪欲・不道徳・不忠・不孝から生じたものである、と。だから、徒らに神だのみをすることなく、僧侶は三宝（仏・宝・僧）に帰依して修行に励み戒律を守り、在俗の信者は内心に仏法を信じ、外には「儒門道」を学んで「五常」を実践せよ（『円通松堂禅師語録』一）と。

禁教令と日本人の信心

南北朝期の南朝方の武士菊池一族、応仁の乱以降の乱世に生きた真宗の宗教者、同じ時代に活動したが宗旨は異なる禅宗の宗教者、と一見なんの関連もなさそうな三者に共通する思考様式がみられるとすれば、偶然の一致でない限り、この思考様式が当時の日本で多くの支持を得ていたと考えるほかはないだろう。それを裏づけるのは、こうした考え方が十七世紀初期、江戸幕府によっても表明されているという事実である。

当時の日本には、ポルトガル、スペイン、それにオランダといったヨーロッパ諸国から貿易船がしげく来航していた。ヨーロッパ諸国の間で貿易をめぐる競争はすさまじく、特にヨーロッパで起っていた宗教改革に発する宗派間の対立がからみ、新教国オランダと、旧教国ポルトガル、スペインとの対立は激しく、新教を奉じるオランダは、ローマ教会に帰属する旧教国の宣教師たちがやがて日本を征服すべく布教している、という多分に意図的な宣伝を幕府に対して行い、貿易のライバルを追い落とそうとした。

一方、キリシタン大名として有名な有馬晴信と、徳川家康の側近本多正純の与力（配下）であった岡本大八との対立に端を発する岡本大八事件以後、キリシタン武士同士の連帯感が危険視されるようになった。これに加えて、徳川幕府と大坂城を本拠とする豊臣秀頼との緊張が高まり、それが双方それぞれに味方する武士たちの対立に発展したが、中でも、キリシタン武士は大坂方につくことが多く、大坂城の中には司祭が滞在するほどであったという。

こうした中で慶長十八年十二月（一六一四年一月）、幕府の政治顧問として活躍した金地院崇伝の起草により発令されたのが有名な禁教令（原題は「伴天連追放之文」）である。その趣旨は、キリスト教が神道・仏教・儒教を全体として帰依の対象としてきた日本の宗教風土を破壊していること、その布教の目的は日本の征服であることを非難し、宣教師の追放を宣言したものであるが、その中で日本人の信仰について、外面は「五常の至徳」を実現し、内面では「一代の蔵教」（つまり仏教）に帰依してきた、と述べている部分がある。

これまでみてきた思考様式そのものであるが、特に幕府による、それも外国人宣教師に向けて公然となされた言説であることを考えると、この思考様式は、日本人の中にあって少数派の特異な思考ではありえず、逆に広く支持されてきたものであったといえよう。それが証拠に南北朝期、戦国期、そして近世初期と様々な境遇で生きた、様々な人々によって表明されているのである。このようにみると儒教道徳を、現実を写す鏡として据え、一筋縄ではいかない内乱の歴史をみようとする『太平記』のコンセプトは、当時の日本人に幅広く共有された、この思考様式をふまえている、とみることもできるのではないか。ここにも『太平記』人気の一端を窺うことができよう。

Ⅱ　宣教師の『太平記』受容と改竄

神仏の奇瑞を削除

イエズス会が出版したものは、冒頭でも述べたように『太平記抜書』、要するに『太平記』の粗筋を重んじた原文の抜書である。だから省略があるのは当然であり、例えば戦場に向かう人々の名が羅列してある箇所は省略されている場合が多い。先祖の事績を求める人にとっては、これらの箇所こそ重要であるとしても、粗筋を知りたい立場からはむしろ煩雑だからである。

また戦闘の詳細な経緯も省略される場合が多い。これもまた粗筋を知るには、どの場面で誰が手柄を立てたかよりも、要するに戦闘全体としては戦う双方のどちらが勝利したのかを手っ取り早く知りたいからである。だから、至るところで省略の箇所があるのは、抜書という性格上、むしろ当然であるともいえる。

しかしながら、キリシタン版『太平記抜書』において特徴的なのは、『太平記』の戦闘場面や、登場人物が危機に直面した場面などでしばしば描かれる、神仏による奇瑞が削除される場合が多いことである。高祖敏明氏が述べられるように「本書に見られる省略（抜粋）のほとんどは、仏教の経の名前やその功徳、不動明王の擁護、仏教的因果応報の理、夢現、瑞光、江ノ島弁才天の霊験、熊野大権現の御告げ、八幡大菩薩への祈願などと、神道や仏教などに関係する個所」（高祖『キリシタン版太平記抜書』一、解説、三百六頁）なのである。例えば次のような例がある。

巻第二には、後醍醐天皇の「御謀叛」に加担したとして鎌倉幕府に捕えられ、処刑された日野資朝の息子「阿新（くまわか）」（「あにひ」とも）が、父を処刑した本間三郎を殺害して仇（かたき）を討った後逃亡し、山伏に助けられて逃げ延びる逸話が収められている。少々長いがここに引用してみよう（「長崎新左衛門尉意見事付阿新殿事」）。

阿新其日は麻の中にて日を暮し、夜になれば湊へと心（こころ）ざして、そことも知（しら）ず行程（ゆくほど）に、孝行の志を感じて、仏神擁護（ぶつしんおうご）の眸（まなじり）をや回（めぐ）らされけん、年老たる山臥（やまぶし）一人行合（ゆきあひ）たり。此児（このちご）の有様を見て痛（いたは）しくや思けん、「是（これ）は何（いづ）くより何（いづく）をさして御渡り候ぞ」と問ければ、阿新事の様（やう）をありの儘（まま）にぞ語りける。……如何（いかん）せんと求る処に、遥（はるか）の澳（おき）に乗（のり）うかべたる大船、順風に成ぬと見て檣を立、篷をまく。山臥手を上て、「其船是へ寄てたび給へ、便船申さん。」と呼りけれども、曾て耳にも聞入れず。舟人声を帆に上て湊の外に漕出だす。山臥大に腹を立て、柿の衣の露を結で肩にかけ、澳行舟に立向て、いらたか誦珠をさら〳〵と押揉て、「一持秘密呪、生々而加護、奉仕修行者、猶如薄伽梵と云へり。況多年の勤行に於てをや。……其船此方へ漕返てたばせ給へ。」と、跳上々々肝膽を砕てぞ祈りける。行者の祈り神に通じて、明王擁護やしたまひけん、澳の方より俄に悪風吹来て、此舟忽覆らんとしける間、舟人共あはて〻、「山臥の御房、先我等を御助け候へ。」と手を合、膝をかゞめ、手々に舟を漕もどす。……阿新山臥に助られて、鰐口の死を遁れしも、**明王加護の御誓掲焉なりける験也**。

（ゴシックは『太平記抜書』にない部分、引用は後藤丹治他校注『太平記』、以下『太平記』の引用はこれによる）

〈阿新は日中の間麻の茂みに隠れて過ごし、夜になり港をめざしてあてもなくさまよったが、その親孝行の志に感心して仏神が守護してやろうと目を向けられたのか、年老いた山伏に出会った。山伏は阿新の様子を不憫に思ったのだろうか、「あなたはどちらへ行かれるのか」と尋ねたので、阿新は事の次第をありのままに語った。……（同情した山伏が）どうしたものかと（船を）探していると、遥か沖に大きな船が、順風になったと判断して檣（帆柱）を立て、篷（船の覆い）をまいて出航の準備をしていた。山伏は手をあげて「その船の方々、こちらへ寄って我々を乗せて下さい」と呼んだが、船人らは耳も貸さず声を張り上げて港から漕ぎ出そうとした。山伏は大変腹を立て、柿色の衣の袖を結んで肩にかけ、出航する船に向かって苛高数珠（角ばった玉の修験者の用いる数珠）を押し揉んで「一持秘密呪、生々而加護、奉仕修行者、猶如薄伽梵（不動経の偈の部分、一たび秘密の経文をもてば生まれ変わっても加護があり、奉仕修行する者は仏の如き者、との意）といわれている。まして長年修行を行ってきた者に加護のないことがあろうか。……あの船をこちらへ漕ぎ戻させて下さい」と躍り上がりつつ一心に祈った。その祈りが神に通じ不動明王が守護されたのであろうか、沖の方から俄かに悪風が吹いて、船が転覆しかけたので、船人らはあわてて「山伏の御房、ともかくも私どもをお助け下さい」と手を合わせ、跪いて手に手に船を漕ぎ戻した。……阿新が山伏に助けられて、危ないところを切り抜けられたのも、不動明王が諸悪魔を降伏させるというお誓いが明らかである験である〉

次に同じ部分がキリシタン版の『太平記抜書』でどのようになっているか、やはりみてみたい（巻第一・§十三）。

阿新、其日は麻の中にて日を暮し、夜になれば湊へと心ざして、そこぶとも知らず行ほどに、**天道**（てんたう）、孝行の志を感じて、擁護の眸をや廻らされけん、年老たる山臥一人行合たり。此児の有様を見て、痛しくや思れけん、「是は何くより何を指て、御渡候ぞ」と問ひければ、阿新、事の様をありのまゝにぞ語りける。……如何せんと求る処に、遥の沖に乗うかべたる大船、順風に成ぬと見えて、檣を立、篷をまく。山臥手を上て、「其船是へ寄てたび給へ。便船申さん」と呼りければ手々に舟を漕もどす。……阿新、山臥に助られて、鰐の口の死を遁れにけり。

（ゴシックは『太平記』にない部分、引用は高祖敏明校注『キリシタン版太平記抜書』、以下『太平記抜書』の引用はこれによる）

〈阿新は日中の間麻の茂みに隠れて過ごし、夜になり港をめざしてあてもなくさまよったが、その親孝行の志に感心して天道が守護してやろうと目を向けられたのか、年老いた山伏に出会った。山伏は阿新の様子を不憫に思ったのだろうか、「あなたはどちらへ行かれるのか」と尋ねたので、阿新は事の次第をありのままに語った。……（同情した山伏が）どうしたものかと（船を）探していると、遥か沖に大きな船が、順風になったと判断して檣を立て、篷をまいて出航の準備をしていた。山伏は手をあげて「その船の方々、こちらへ寄って我々を乗せて下さい」と呼んだところ（船人は）手に手に船を漕ぎ戻した。……阿新は山伏に助けられて、危ないところを切り抜けられたのである〉

一見して明らかなように、阿新を救った山伏が法力により、頼みを聞かずに漕ぎ出ようとした船を引き戻したことを語る霊験譚が削除され、また「仏神」の加護が「天道」の加護に書き替えられている。

日本の仏神に力なし

「異教」の撲滅を目的に布教活動を展開するイエズス会の出版物に、日本の信仰に携わる宗教者であり、イエズス会によれば「悪魔」に仕える山伏が法力をもつ、という記述を入れるなど言語道断のことであり、削除しなくてはならなかったのだろう。日本人キリシタンの教育に際しても、このような日本文化の、いわば「悪影響」は徹底して排除しなくてはならなかったことは容易に推測できる。

しかし、父親の仇を討つという孝行をなしとげた阿新が救われたのは偶然の幸運にすぎなかった、というのではさすがに具合が悪いだろう。何らかの超自然的恩寵により救われる、という筋書がイエズス会にとっても望ましかったと考えられる。その際イエズス会が持ち出してきたのが「天道」である。「天道」もまた、日本人が信じていた超自然的摂理である。仮に言葉自体は中国からの外来のものであったにしろ、奈良時代から用いられ、平安時代の説話集『今昔物語集』にも、鎌倉幕府編纂の史書『吾妻鏡』にも登場するこの言葉の意味するものが、日本人になじみ深い日本的な観念であったことは間違いない。

そしてイエズス会は「天道」に関してのみ、自分たちのキリスト教信仰にも通じる観念とみていた。冒頭で触れ、後にも述べるように、イエズス会が日本での布教にあたり、日本文化に通じるために行った日本語研究の成果として、十七世紀初頭に成立した『日葡辞書』がある。その中に「天道」の項目があり、「天の道、または天の秩序と摂理。以前は、この語で我々はデウスを呼ぶのが普通であった。けれども（その時にも）異教徒は、（上記の）第一の意味（「天の道」）以上（のもの）に思い至っていたとは思われない」（筆者訳）と記されている。日本で独自に発展した観念ながら、イエズス会宣教師からみても、キリスト教の神デウスを指す言葉とみえ、利用もしたこの「天道」を、阿新を救った超自然的恩寵の主役にしたのである。ついでながら『太平記』以外に、後に触れるキリシタン版『平家物語』でも、神仏が「天道」に置き換えられている箇所がある。

殆どこのような形で、日本の神仏の霊験を語る部分は削除または改竄されている。もう一つ例を挙げれば、巻第六にみられる「民部卿三位局御夢想事」という、後醍醐天皇の女御であり護良親王の母である女性が、後醍醐天皇が隠岐へ流罪になったことを悲しみ、京都の北野神社に参籠して祈ったところ、夢に北野天神が現れ、「廻り来て遂に澄むべき月影のしばし陰るを何歎くらん（日数がめぐれば澄み切った月影がみられるのだから、しばしの間曇っても歎く必要はない、との意。後醍醐天皇の復位を予言している）」との神託を得た逸話がある。

　御夢覚て歌の心を案じ給に、君遂に還幸成て雲の上に住ませ可給瑞夢也と、憑敷思召けり。誠に彼聖廟と申奉るは、大慈大悲の本地、天満天神の垂迹にて渡らせ給へば、一度歩を運ぶ人、二世の悉地を成就し、僅に御名を唱る輩、万事の所願を満足す。況乎千行万行の紅涙を滴尽て、七日七夜の丹誠を致させ給へば、懇誠暗に通じて感応忽に告あり、世既澆季に雖及、信心誠ある時は霊鑑新なりと、弥憑敷ぞ思食ける。（ゴシックはキリシタン版『太平記抜書』で省略された部分）

〈夢から覚めて歌の意味を考えてみると、後醍醐天皇が最後には京都にお戻りになり宮中に再びお住まいになることになるという夢のお告げであると思われ、頼もしくお思いになった。まことにあの聖廟（菅原道真の廟の意、北野天満宮を指す）と申し上げるのは、大慈大悲の観音を本地として日本に垂迹（仏や菩薩が仮に神の姿をとって現れること）された天満天神でいらっしゃるから、一度参詣する者は現世・来世の幸福が成就し、その御名を唱えただけの者も諸々の願いが叶うのである。まして千筋・万筋の血の涙を流し、七日七晩にわたって一心に祈られたから、その祈りが通じさっそくお告げがあったのである。時代は既に末世となっていても、信心に誠があるならば霊験はあらたかである、とさらに頼もしくお思いになった〉

一方、キリシタン版『太平記抜書』では次のようになっている（巻第二・§十二）。

御夢覚て、歌の心を案じ給ふに、君遂に還幸成て、雲の上に住ませ給ふべき瑞夢也と、頼敷思召けり。

〈夢から覚めて歌の意味を考えてみると、後醍醐天皇が最後には京都にお戻りになり宮中に再びお住まいになることになるという夢のお告げであると思われ、頼もしくお思いになった〉

北野天神の霊験を説いた部分は全部削除されている。日本の神仏が世界に働きかける力はないと断じるイエズス会にとって、こうした記述が不適切であったことは説明を要しないだろう。

罪悪の因果律・悪人と神仏

この他、先ほどみた「北野通夜物語事付青砥左衛門事」の中でも六十歳くらいの関東訛りの遁世者や、朝廷に出仕している風情で儒学に通じていると思しい公家の言い分は全部収録されているのだが、乱世は室町幕府の咎(とが)でも南朝の咎でもないとして因果を説く、律師・僧都の僧官をもつと思しい僧侶の言い分は全部削除されている。因果という、道徳と一見無関係な得体のしれない摂理もまたイエズス会には不都合だったのだろう。

但し自らの過ち・罪の報いとしての因果応報譚、例えば後醍醐天皇を流刑にした光厳天皇の没落・逮捕（巻第九「主上・々皇為五宮被囚給事付資名卿出家事」）や、足利直義が恒良親王を毒殺したために、自らも毒殺されることになったという因果応報の言説（巻第十九「金崎東宮幷将軍宮御隠事」）はそのまま収録されている。また因果律を説く事例として、先ほどみた「雲景未来記事」（巻第二十七）は何故かほぼすべて収録されている。ここには「神明」「三宝」「天心」「仏神」「神明仏陀」などの語句がふんだんに出てくるのだが、すべてそのまま残されている。但しその内容は、これらに背いた悪人が栄えるということであるから、これら神仏は何ら力を発揮していないことになる。日本の神仏の無力を証明するが故に、イエズス会にとっては好都合な記述、とみることは可能である。

しかし一点、伊勢神宮の霊験を説く部分のみは削除されている。「天皇家が即位の儀礼を行っていることは天照大神が守って下さることを示す頼もしいことで、三種の神器が伝えられていることなど、小国であっても他国に例のないわが神国の不思議とはこのことである（さすが三箇の重事〈即位・御禊・大嘗会のこと〉を執り行はせ給へば、天照太神も守らせ給ふらんとたのもしき処もあるなり。此の明器我が朝の宝として……今に到るまで取り伝へおはしますこと、誠に小国なりといへども、三国に超過せる吾が朝神国の不思議は是なり)」との部分である。日本が、日本の神に守られているが故に安泰、という事態は、イエズス会にとってあってはならないからである。

Ⅲ 『平家物語』の受容

日本文化への順応

これだけ、おびただしい改竄をしてまで、イエズス会が『太平記』をキリシタンに読ませることを考えていたのは何故であろうか。十六世紀後期になってイエズス会は、日本の「異教」との対決は依然として行う一方で、非キリスト教的な習慣を無視しがちであった当初の布教方針を修正し、日本文化をある程度受容し、日本の習慣に順応しつつ布教するという方針をとろうとしていた。そのことと、十六世紀末のキリシタン版『平家物語』(一名天草版『平家物語』)の刊行や、十七世紀初頭の『太平記抜書』の刊行とは無縁でないように思われる。

当時、イエズス会巡察師(イエズス会総長から、布教地における会員の指導と現地の布教事情の調査・報告のために派遣される役職)の任にあったアレッサンドロ・ヴァリニャーノの、一五八七年四月十七日の書簡には次のように記されている。「我々が彼らの習慣に順応することが出来なかったことは、……多くの不都合の原因となる二つの主な弊害を生じた。すなわち我々は日本人の間で評判と権威を失ったと同時に、キリシタンたちもまた我々にとって遠い人のようであった。というのは、我々の下手なふるまいのために彼らをひき寄せ親しませることができなかったからである」（A・ヴァリニャーノ／矢沢利彦・筒井砂共訳『日本イエズス会士礼法指針』）。

イエズス会がこうした認識に至ったのには、キリシタン大名を始めとする日本人キリシタンからの批判があったからだとされる。一五九五年十一月二十三日のヴァリニャーノの書簡には、キリシタン大名らによる宣教師たちへの次のような批判が記されている。

「（彼ら大名は）キリシタンであるので、彼らの領地に高貴さを与えるものであり、かつ彼らにとって多くの助けと気晴らしである仏僧らのすべての仏堂を、彼らの願望と趣味とを犠牲にして破壊した。（それは）司祭らが彼らに我らの御法とは相容れないと言ったためである。

そして司祭らが、彼らの領地に居ながら日本人のよき習慣と上品な行動の仕方を身につけようと考慮するに殆ど至らず、毎日武士たちや彼らキリシタン大名自身にさえ反して非常な不作法と悪しき養育とを行っているのは全く理性に反している。その結果我らの修院に何らかの慰めを見出そうとやって来る者は大抵侮辱され、不満をもって出ていくから、他の異教徒らが

（彼らキリシタンを）嘲笑して次のように言うほどである。あんな見も知らない、そしてひどく野蛮な人間を師匠として、大変上品に生きている仏僧を捨てたのだから、あんなやり方であしらわれるのも当然だと」（Jap.Sin.12II f.315v.、筆者訳）

こうした批判に対処するためにヴァリニャーノは『日本の習俗と気質に関する注意と助言』（『日本イエズス会士礼法指針』の原題）を著すなど、方針の変更に努めたとされている。日本語で布教するために、徹底した日本語の学習を試みたのもこうした方針によるものとされている。かくして、日本の文化や歴史に精通する方途が模索され、その一環として『太平記抜書』の刊行があったことは想像にたやすい。かなりの改竄をしなければ出版はできなかったが、それでもこの書物に精通することが必要だったと思われる。

天草版『平家物語』

同様に、日本文化に順応した形での布教という目的のために編纂されたと考えられるものに、やはりキリシタン版として知られる天草版『平家物語』（図7）がある。天草で出版されたことに因み、通常この名で呼ばれるが、こちらはローマ字で表記されており、ヨーロッパ人宣教師が主たる読者として想定されていたと思われる。内容はやはり『平家物語』のストーリーに沿いながら著名な部分を抜粋したものであり、四巻に分かれ、全六十四章で構成されている。
不干（ふかん）ハビアンという日本人修道士の手で編纂され、イエズス会上長らの検閲を経て完成されたものであるが、表題には「日本のことばとHistória（歴史）を習ひ知らんと欲する人」のために口語に直した『平家物語』であると記され、「言葉を学びながら日本の過去に触れる（言葉を学びがてらに日域の往時を訪ふべき）」ためのもの、との出版目的が、不干ハビアンの手になる序文に記されている。

これは、亀井高孝・阪田雪子両氏により翻字された『ハビヤン抄キリシタン版平家物語』により漢字・仮名交じり表記で読むことができるが、この天草版『平家物語』でも、日本の神仏の霊験譚は大幅に削除されている。そしてやはり、どうしても超自然的な恩寵を必要とする場面では「天道」が用いられている。

NIFON NO COTOBA TO Historia uo narai xiran to FOSSURU FITO NO TAMENI XEVA NI YAVA RAGUETARU FEIQE NO MONOGATARI.

IESUS NO COMPANHIA NO Collegio Amacusa ni voite Superiores no go menqio to xite core uo fan ni qizamu mono nari. Go xuxxe yori M.D.L.XXXXII.

図7　天草版『平家物語』（亀井高孝・阪田雪子翻字『ハビヤン抄キリシタン版平家物語』吉川弘文館、口絵より）

例えば源頼朝の挙兵を知り、討伐に向かった平家の軍勢が富士川を挟んで頼朝軍と対峙したが、平家方は水鳥の羽音に驚いて退却し、頼朝は戦わずして大勝利を収めたという「富士川の合戦」の記述である。もぬけの殻となった平家の陣をみて頼朝は「是は私の手柄ではない、偏に八幡大菩薩のおかげである（是は全く頼朝が高名にあらず、偏に八幡大菩薩の御計らひなり）」と言ったと『平家物語』（斯道文庫蔵百二十句本）にはある。しかしこれが天草版になると「これは全く頼朝が高名ではない：偏に天道のお計らひぢゃ」となっている。やはり『太平記』の場合と同じ事情で、日本の神仏が源氏の軍勢を加護するような逸話を、イエズス会としては活字にするわけにはいかなかったものとみえる。

その一方で、この『平家物語』には登場人物が現世を棄てて出家したり、自分の「後世」を阿弥陀如来に願ったりする場面は、殆どそのまま収録されている。一、二例を述べるにとどめるが、「出仕を解いていただいて出家し、辺鄙な山里に籠もって後世を祈りたい。……この世を捨て真実の道に入るに如くはない（身の暇を給つて出家入道をもし、片山里に籠り居て、一筋に後世菩提の勤めを営み候はん。……しかじ、憂世を厭ひ真の道に入りなんには）」との平教盛の感懐は、口語訳した他は内容を変えずに天草版に収録されている。また「極楽の阿弥陀様、どうか幽明境を異にした夫と再び一緒にして同じ極楽に御迎え下さい（南無西方極楽世界の弥陀如来、飽かで別れし妹背の中二回必ず同じ蓮に迎へ給へ）」との平通盛（みちもり）の妻の祈りも同様である。

イエズス会がこのような日本人の宗教的願望や祈りをどのように捉えていたのかについて考えさせる興味深い事例であるが、天草版『平家物語』出版の背景として、イエズス会が琵琶（びわ）法師を布教に利用しようとしていたことが推測できる。イエズス会では『平家物語』を人々に語ることを生業としていた琵琶法師が聴衆に与える影響力を重視し、彼らを改宗させ、『平家物語』以外にキリスト教の教えを語らせる、という方針を十六世紀後期に採用していた。実際に人々の前で通常の語りを始めながら、その途中、折をみてキリスト教の教えを説き、聴衆を感激の渦に巻き込んだ琵琶法師もいた。

琵琶法師を布教活動に利用するためには、何よりも『平家物語』を語る彼らの活動が管理できなくてはならないし、そのためにはまずイエズス会の宣教師たちが『平家物語』を周知のものとして共有できなければならない。こうした事情が天草版『平家物語』の刊行につながったと考えられる（拙稿「天草版『平家物語』成立の背景について」）。

知識の源泉『平家物語』

琵琶法師がこれだけイエズス会から注目されたのは、琵琶法師の語る『平家物語』が中世びとにとって人気の高い、ほぼ『太平記』に匹敵するような愛好を受けた作品であったからだと考えられる。実際、『平家物語』も『太平記』とほぼ同様の性格をもっていた。『平家物語』に記された逸話は、当時の人々にとっては、自分たちが何かについて判断を下す際の手がかりともなる貴重な歴史的事実とされていたのである。

室町時代、相国寺の僧侶として知られる瑞谿周鳳の日記『臥雲日件録』には次のような記事がみえる。中世では罪を犯して処罰された者は、その居宅も破壊されるという処分を受けるのが普通であった。室町幕府三代将軍の足利義満が、実際に罪人の居宅を破壊する処分を決定した際、重臣斯波義将は、古くからの掟によると、必ずしも居宅の破壊を行う必要はないとの意見を具申した。何故そのようなことを知っているのかと尋ねる義満に、斯波義将が行った説明は次のようなものであった。

平家が全盛の時代の、有名な鹿ケ谷事件（後白河上皇近臣らが平清盛を除こうと企てた陰謀が未然に発覚し、近臣らが処刑や流罪にあった事件）の折、硫黄島に流された平康頼は、結局恩赦にあって京都の家に帰ることができました。そして帰宅した時に「古里の簷の板間に苔むして、思ひしほどは漏らぬ月かな」との歌を詠んでおります。罪人とされた平康頼の京都の居宅は破壊されず、残っていたことが明らかではないでしょうか、と。これを聞いた義満はその罪人の家を破壊する処分を思いとどまった、という（『臥雲日件録抜尤』寛正四年〈一四六三〉三月五日条）。『太平記』と同じく、『平家物語』の逸話も、後世の規範となるような歴史的事実を記したものとして重視されていたことがわかる。

平家オタクの世界

また、特に公家たちの間では『平家物語』が重んじられ、これに通じていることで仲間内の交遊でもポイントを稼ぐことができた。例えば、第一章で触れた皇族伏見宮家での、次のような出来事が好例である。応永二十三年（一四一六）五月三日、伏見宮家では連歌が行われ、常連の人々が集まっていた。その席で「帰り来むことは堅田に引く網の、目にもたまらぬ我が涙かな」という『平家物語』にある歌の作者は誰か、という話題となった。宮家の跡継ぎの地位にいた治仁王（はるひとおう）は、鹿ケ谷事件で流罪となり結局殺された藤原成親の歌だと主張した。対して『看聞日記』（かんもんにっき）の記主で治仁王の弟にあたる、後の後花園天皇の父貞成（さだふさ）は、平家が壇ノ浦で敗北した後に流罪となった平時忠の作だといい、重臣の田向経良は、源氏に捕えられた平重衡が関東に送られる時の歌だ、と意見が分かれた。とうとう酒一瓶を賭（か）けて決着をつけることになった。

その時、貞成の妻の父である庭田重有が『平家歌共撰集』なる一帖の草紙をもっていたため、伏見宮家の当主である栄仁親王が、裁定者の立場からそれをみた上で、平時忠の歌であるとの判定を下した。貞成はよほど嬉しかったらしく、「私はたちまち勝利を収め、兄の新御所（治仁王）も田向三位（経良）も口を噤まれ、人々は感嘆した。……私は大変な高名をあげた」とまるで戦功を立てたかのような口吻で記している（『看聞日記』同日条）。相当に『平家物語』に深入りしたオタクの集団を窺わせるが、『平家物語』のストーリーをどれだけ諳んじているかが、人々の交遊における評判に関わるほどだったのである。

更に『平家歌共撰集』なる書物の存在も興味深い。このように、『平家物語』のテキストに登場する和歌が誰の作であるかがわかるように整理・分類した書物が作成されており、和歌の作者を手っ取り早く知る、いわば虎の巻・アンチョコとして利用されていたことが窺えるからである。そしてそれが公家の社交の場でも重宝がられたことは今みた通りである。こうなると『平家物語』に通じることとは、社交の場での単なるアクセサリーどころか、『平家物語』を知らずんば人にあらず、といわんばかりの雰囲気さえ感じられる。『平家物語』もまた中世びとに深く受容されていたのである。

『平家物語』は常識

このように、『平家物語』が当時は不可欠の教養とみられていたため、戦国時代に書かれた軍記物にも、『平家物語』の知識がないと意味がわからない記述がある。十六世紀に入ると、最大の管領家として室町幕府の中で大きな力を振るった細川氏も家督争いで二派に分裂し、その中で当主の細川政元は暗殺され、跡継ぎの澄元(すみもと)と澄之(すみゆき)とが、それぞれを支持する細川家家臣や、諸大名までを巻き込んで抗争するに至った。応仁の乱以来、多くの大名家を襲ったおきまりのお家騒動であるが、澄元と澄之との抗争を描いた軍記に『不問(とわず)物語』がある。

その『不問物語』に、当初は澄之方についていた近江国(おうみのくに)の大名六角四郎氏綱が、自分の領国近江国の武士たちと語らって、細川澄元一党を討ちとってくると自ら申し出て、澄之から軍資金までもらった上で、そのまま近江国へ去り、反転して澄之方に敵対する意志を露(あらわ)にした、という裏切りの逸話がある。そのあまりの露骨な寝返りに、京都では落書(公衆にアピールするための落書き)が立てられたが、そこには次の二首の和歌が書かれていたという。

高綱が面まで汚す四郎かな　誑(たら)すばかりか銭を盗みて

まさなくも後ろを見する佐々木殿　心変りのこれも先陣

六角氏綱は佐々木六角氏、源平争乱の時代に、京都を牛耳る木曾義仲を討伐するために源頼朝が派遣した軍勢に従軍し、宇治川の戦いで「先陣」（一番乗り）の手柄を立てた佐々木四郎高綱の末裔である。この戦いを詳しく記した『平家物語』によると、佐々木高綱は源頼朝から名馬「生ずき」を賜った。ところが同じ軍勢に従軍していた梶原景季も高綱以前に頼朝にこの馬を望んで叶わず、かわりに「するすみ」という名馬をもらっていたのである。この経緯を出陣先で知った景季は怒り、高綱と刺し違えて頼朝への遺恨をはらそうと思った。

景季が高綱に歩み寄り、「高綱殿は『生ずき』を賜ったそうですな」と声をかけたところ、高綱は景季の意図を察し、「いやそのことですが、頼朝公のお覚え目出度い景季殿さえ賜ることが叶わなかった名馬を何故私が賜ることがあろうか、と思い、後日如何なる御叱りを受けてもかまわぬ、と思って盗んだのです」ととっさの嘘で回答したところ、景季の怒りが消えて、「何と、それなら拙者も盗めばよかった」と笑い、その場は収まった。

当然ながら二人の先陣争いは熾烈なものとなったが、結局高綱が一番手、景季は二番手となったと『平家物語』は記している。

先ほどの落書の第一の和歌は、六角四郎氏綱が細川澄之を「誑す」、即ち騙したことを、佐々木高綱が梶原景季を騙してその場を収めたことにかけ、高綱とは違い、悪意で騙し、軍資金を盗んだのだから、先祖に顔向けができないに違いないという皮肉である。第二は近江国へ逃げ去ったことを詰り、先祖の高綱は宇治川で先陣をなしとげたが、子孫の氏綱は裏切りの「先陣」を切ったという皮肉である。当時は『平家物語』の知識がないと、京童（京都市中の口さがない無頼の徒）の皮肉すら理解できなかったらしい。

一方、宇治川の戦いに関する『平家物語』の知識は実学でもあった。元亀四年（一五七三）七月、京都郊外の槙島城に籠城する将軍足利義昭を織田信長の軍勢が攻めた際、義昭方の防御線となった宇治川を渡る織田勢は先例に倣い、平等院の「丑寅」（北東）方の、佐々木高綱・梶原景季が先陣を争って渡ったところから攻め寄せたという（『信長公記』巻六）。

『太平記』とともに浸透

ここまでみてくれば、『平家物語』も『太平記』と同じような類の書物として、中世びとに親しまれ、重視されていたことがわかる。十六世紀後期、大坂天満で暮らしていた公家の山科言経は、その教養を活かして、『太平記』『平家物語』の写本を、人々の要請に応えて作成していた。天正十四年（一五八六）四月には、「水田」なる人物の妻に、『平家物語』の数巻を書写してやっているが、彼自身の日記には「『平家物語』（の書写）を頼まれた」と書くべきところを「『太平記』（の書写）を頼まれた」と記し、後で消して『平家物語』と書き直している（『言経卿記』三月九日条）。言経の教養をもってしても、時に両者は混同されたのであろう。

VOCABVLARIO
DA LINGOA DE IAPAM
com adeclaração em Portugues, feito por
ALGVNS PADRES, E IR-
MAÕS DA COMPANHIA
DE IESV.
IHS
COM LICENÇA DO ORDINARIO,
& Superiores em Nangasaqui no Collegio de Ia-
PAM DA COMPANHIA DE IESVS.
ANNO M.D.CIII.

図８　『日葡辞書』（『キリシタン版日葡辞書カラー影印版』勉誠出版、７頁より）

こうした事情からみて、イエズス会が日本語を研究し、日本の文化を知る上で『太平記』『平家物語』を重視したのは当然といえよう。慶長八年（一六〇三）にできあがった『日葡辞書』（図８）は、冒頭で触れたように改訂の結果三万二千二百九十三語を収録しており、ローマ字で発音を表記し、日本語で意味を記し（ローマ字表記）、ついでポルトガル語で意味が解説されているが、かなりの語に例文が示されている。その例文は多く日本の文学作品から採用されているが、森田武氏によると、『太平記』からの採用が百五例と圧倒的に多く、『平家物語』の七十九例がこれに次ぐ。三位は『舞の本』

七十例、あとは物語五十五例、『金句集』三十一例、などとなっているという（森田「日葡辞書の太平記引用文について」）。

『太平記』そして『平家物語』が群を抜いていることがわかる。更に高祖敏明氏によれば、特に出典を記していないもので、明らかに『太平記』からのそれとわかるものを加えると百七十一例に上る（『キリシタン版太平記抜書』三、二百十五頁）。要するに『太平記』『平家物語』の中世における知名度、浸透度は破格であり、それが『日葡辞書』の編纂にも影響を与えているとみて大過ないだろう。イエズス会が『太平記』を、それに『平家物語』を刊行した背景には、何よりも日本における両作品の幅広い受容、享受の状況があったといえよう。

第三章　『太平記』と歴史

I　宣教師のみた日本の「歴史」

限られた時代の「歴史物語」

これまで『太平記』と中世びととの関わりについてみてきた。この書物が、何よりも過去の記録として人々に受け入れられると同時に、当時の人々にとって心得ておくべき知識の源泉であり、身につけておくべき教養の宝庫であったこと、だからこそ、学問としても学ばれ、研究されるとともに、人々の交遊の場においても遊興の手立てとして朗読され、親しまれてきたことを述べてきた。

そしてその内容においても、当時の人々の間で一般的であった世界観ないし哲学をふまえて『太平記』が構成されていること、それに注目したイエズス会が、内容的には彼らの教理をふまえてかなりの改竄（かいざん）をしながらも、日本語を知り、日本文化に通じるための、いわば恰好（かっこう）のテキストとして出版したと考えられることをみてきた。また、『太平記』と同様の性格をもつ書物として、これも広く人々に享受されていた『平家物語』も、日本語と日本の歴史を知り、特に布教に関与する琵琶法師の語りを知るためのテキストとして出版されたことを述べてきた。

ところでイエズス会の宣教師たちは、冒頭で紹介したジョアン・ロドリゲス・ツウズのように、この二つの書物を「歴史物語」ないし「歴史物語を意味する物語」と呼んでいた。宣教師の見方では『太平記』（そして『平家物語』）は何よりも歴史を記した書物であった。もちろん南北朝の内乱や、源平の争乱（治承・寿永の乱）を扱った両書を歴史物語と呼ぶことは一見当然とも思われよう。しかし、双方ともに限られた時代しか扱っていない。『太平記』は十四世紀初期から中葉まで、『平家物語』は十二世紀後期の一時期のことを記しているのみであり、それ以外の日本の歴史は、本筋から離れた逸話として以外登場することはない。

あたりまえであるが、日本という国の始まりから律令体制の成立までを叙述した『日本書紀』の時代や、藤原氏が天皇を輔弼しつつ君臨した『大鏡』の時代も、ストーリーの本筋には登場しないし、応仁の乱のような、それ以降の重要な事件が描かれていないことはいうまでもない。それでも宣教師たちが、『太平記』をことさらに最も重要な日本の歴史書と考えたのは何故であろうか。ジョアン・ロドリゲス・ツウズの強調する「荘重で高尚な文体」のせいばかりではないだろう。

二つの「公方」の歴史

そこで、宣教師が日本の歴史をどのように捉えていたかを、彼らの報告書から探ってみたい。まずは日本副管区長の地位にあったガスパル・コエリョの証言である。彼は豊臣秀吉が天皇家を厚遇したことを次のように記している。

> 彼（秀吉）は、その地位を更によく保ち、その大きな名誉と栄光の裡に諸侯と民衆（senhores & pouo）の好意を勝ち得るために、また別の策略もみつけたが、それは、真実にして本来の日本の君主である内裏（Dairi）を古来の地位の偉大さと威厳の中に興すことを望んでいることを示すことであった。この点をよく理解するためには、以下のことを知らなくてはならない。即ち他にも様々な名称で呼ばれ、二千二百年以上前から日本の史書にみられる内裏は、常に普遍的君主であり、大変尊敬されていた。ところが五百年前（原文のまま。実際には源平の争乱はこの書翰の四百年前になる）、源氏（Genchi）と平家（Feiqui）と呼ばれる二つの公方（dous Cubos）の間で戦争——日本の大部分の史書（a maior parte das histórias）が扱っている戦争である——がこの地域で勃発した。その時以来、今に至る

まで内裏は日本の支配権を剝奪されたままである。

（一五八九年二月二十四日書翰・一五八八年度年報、CEV II, f.260-260v.、松田毅一監訳『十六・七世紀イエズス会日本報告集』第Ⅰ期第一巻、八十七〜八十八頁を参考に筆者訳）

ここでは天皇家（「内裏」）が「日本の君主」として、古来「偉大」な地位を保ち「威厳」を具えた「普遍的」かつ「尊敬」された「君主」であったこと、その天皇家が「五百年」（四百年）前、即ち十二世紀後半以来、「源氏」と「平家」の二つの公方の抗争が起ってから零落していったことが述べられている。天皇家の没落と二つの公方の抗争のあけくれ、これが彼ら宣教師の把握した日本の歴史であること、また日本の大部分の史書のテーマであると宣教師たちからみなされていたことが、このコエリョの書翰から窺える。

「二人の主要な支配者」と天皇家

同じような日本の歴史の理解は、同じくイエズス会宣教師ルイス・フロイスの書翰にもみられる。「天下の主君」、即ちこの時代の織田信長や豊臣秀吉らが如何にして支配権を掌握するに至ったかを述べ、それ以前の「二人の主要な支配者」の抗争と天皇家の没落とを簡潔に述べたものである。

尊師も定めてご存知のことであろうが、この日本全土は六十六の王国に分かれている。……その中で最も主要なものは日本の君主国（Monarchia）を構成する五畿内（Goquinây）の五つの王国（Reinos）である。というのは、ここに日本全土の首都である都があるからである。そして五畿内の君主となる者は天下の主君（senhor da Tenca）、即ち日本の君主国（の主君）と呼ばれ、（天下の主君である者は）そのもてる権力と幸運とに合致するだけ、その他の王国（os mais reinos）を従えようとするのである。日本全土はかつて、一人の普遍的で内裏（Dairî）と呼ばれる君主のものであったが、五百年来（原文のまま）、この地域では二人の主要な支配者の間で、日本の全統治行政が分割されるほどの戦争が勃発し、内裏は、かつての輝きを失った、肩書きのみの存在以上のものではなくなるほど、すべてを奪われてしまった。

（一五八八年二月二十日書翰、CEV II, ff.188-188v.『十六・七世紀イエズス会日本報告集』第Ⅲ期第七巻、百六十一頁を参考に筆者訳）

ここではまず「五畿内の五つの王国」、つまり山城国（京都府）、大和国（奈良県）、摂津国（大阪府と兵庫県）、河内国（大阪府）、和泉国（大阪府）の五カ国が「天下」であり、日本の最も主要な地域であると述べられ、そこを掌握した者を「天下の主君」と呼び、彼の実力如何で「その他の王国」、要するに他の大名の支配する領国であるが、その国の大名たちを従属させることができると述べられている。そして、そのような「天下」と「その他の王国」との主従関係が成立する以前は、「天下」も「その他の王国」も含めた「日本全土」は「普遍的で内裏と呼ばれる君主」即ち天皇家のものであった。しかし「五百年」（四百年）前に「二人の主要な支配者の間で」日本が二分されるような戦争が起った結果、天皇家は没落してしまった、と先ほどのガスパル・コエリョとほぼ同じような理解がなされているのである。「二人の主要な支配者」について固有名詞は挙げられていないが、コエリョのいう「源氏」と「平家」という「二つの公方」を指していることはほぼ間違いないといえよう。

「天下」という「君主国」

余談になるが、右のフロイスの記述でもう一つ興味深いのは、「天下」の語が通常いわれるように日本全国のことを指すのではなく、五畿内という限定された地域を指している点であろう。その「天下」が「その他の王国」と対峙し、そのうちの一部の国々は天下との主従関係で結ばれることもある、という記述は、戦国時代の日本の政治的構造を明確に叙述したものとして極めて興味深い。

日本側の史料にも、「天下」が畿内のことを指すとみられるものがある。例えば戦国大名の上杉謙信は、「武田信玄を退治し、北条氏康とは真実の和睦を実現した上で、領国の越後を気づかうことなく『天下』へ上洛できるように」と神仏に願をかけている（『上杉家文書』永禄九年〈一五六六〉五月九日上杉謙信願書）。上杉謙信にとって、「天下」は越後から「上洛」するところであった。

また豊臣秀吉は、本能寺の変の後、明智光秀を滅ぼした後に開かれた織田家重臣らによる清洲会議の一コマを次のように報告している。「明智光秀の旧領の近江国志賀郡は、主君織田信長の仇討の主役であった秀吉が知行するように、と皆に勧められたが、自分が志賀郡を領地にすれば、この秀吉の領地が『天下』を包み込むような形になり、口さがない人々は、秀吉が自分の領土で『天下』を包囲して発言権を大きくしたいのだ、と噂するに違いないので、志賀郡は丹羽長秀に譲ったのだ」と（『金井文書』〈天正十年〉十月十八日豊臣秀吉書状）。ここでも「天下」は、当時播磨国にあった秀吉の領土と、近江国志賀郡とによって「包まれる」位置にあったことが知られる。五畿内を「天下」とみるフロイスの認識は、当時の日本人の一般的な見方に基づいていたと考えられる。

宣教師に伝わった「源平交代」史観

宣教師の語る「二つの公方」の歴史は、『平家物語』に現れ、その後の公家社会にも影響を与えてきた、いわゆる「源平交代」史観といえよう。即ち勢力の衰えた天皇の公家政権を源氏と平氏それぞれの武家政権が交代で支えるという歴史の見方であり、平清盛の平氏政権、源頼朝の源氏政権、それが三代で滅びた後の北条氏（その元祖は平氏である）が中心となって支えた鎌倉幕府、そしてそれを覆した足利氏（源氏）の室町幕府、というように源氏と平氏それぞれを首長とする政権が交代で日本を支配してきたというものである。

宣教師たちがこのような、日本の歴史に関するいわば「歴史観」を得るに至った過程はわからないが、それはともかく、この「歴史観」が外国から来訪した宣教師も知っているほど、当時の日本で相当程度流布していたと考えることはゆるされよう。言い換えれば、コエリョやフロイスら宣教師たちの日本の歴史に関する記述は、当時の日本で流布していた言説そのままの記述と考えることができる。即ち「源平交代」史観は、当時の日本ではかなりメジャーな歴史認識であったと想定されるのである。

　当時の日本に歴史の方向性を認識しようとする志向などあったのか、と疑問視する向きもあろう。「源平交代」史観自体が合理的な思考に耐える歴史認識であるともみなしにくい。現代の、例えばついこの間までしばしば人口に膾炙（かいしゃ）した「近代化・世俗化による人類の進歩」「階級闘争の歴史」などといった、学問的考察に基づいた歴史観に比肩する代物ではそもそもない。

しかし一方、様々な歴史の動きから、主要かつ重大と思われる側面を抽象した単純な図式が認識の手段として求められる、という事情は時代を問わずかなり普遍的なものと思われる。歴史全体を理解する上で、時代の流れを展望するための単純化した図式が求められるのは、歴史認識が学問として進歩しているか否かには関わらないことではないだろうか。

　例えば先の「近代化」「世俗化」「階級闘争」なども、近年では必ずしも十全に適切な図式とはいいがたいのではないかという疑問も聞かれるようになっている。しかし一方、歴史の流れを単純な図式に還元する試み自体が消滅したわけではなく、今もかつてのそれを代替するような、より適切な、しかし同じように単純な図式は求められているのではないだろうか。こうした端的な傾向の表現は歴史を考える際、つきものであるといえよう。

　このようにみれば、十六世紀の日本でも、それなりに歴史の流れを全体的に把握するための単純な図式化が求められていたのだと想像される。それが合理的であるか否かは措くとしても、ともかくも歴史の流れを総括しようとする志向自体は当時の人々にもあり、それが「源平交代」史観の社会的な流布を生み出し、ヨーロッパから来た宣教師にもそうした史観が伝わったのだと考えることはできるように思われる。

『太平記』と「源平交代」史観

そして宣教師たちは、『太平記』もまた、この「源平交代」史観の書と把握していたと考えられる。既に高祖敏明氏は、キリシタン版『太平記抜書』にはこの歴史観を表明した箇所がみられることを指摘しておられる（高祖『キリシタン版太平記抜書』一、三百七頁）。例えば新田義貞の「昔から源平両家は朝廷に仕え、平家が世を乱す時は源氏が鎮圧し、源氏が下剋上を行う時は平家が鎮圧してきた（古しへより源平両家朝家に仕へて、平氏世を乱る時は源家是を鎮め、源氏上を侵す日は平家是を治む）。……さて現在の北条高時の振舞いをみれば遠からず滅亡することは疑いないから、自分は帰国して義兵をあげ、後醍醐天皇の御心を安んじたいと思う（しかるに今相摸入道の行迹を見るに滅亡遠きにあらず。我本国に帰つて義兵を挙げ、先朝の宸襟を休め奉らんと存ずる）」（巻第七「新田義貞賜綸旨事」）との言説は、そのまま『太平記抜書』に収録されている（巻第二・§十七)。

ここで高祖氏が指摘されたもう一つの事例をみてみよう。北条時政の故事を記した部分である。

時已に澆季に及で、武家天下の権を執る事、源平両家の間に落て度々に及べり。然ども天道必盈を虧故に、或は一代にして滅び、或は一世をも不待して失ぬ。今相摸入道の一家、天下を保つ事已に九代に及ぶ。此事有故。
昔鎌倉草創の始、北条四郎時政榎島に参籠して、子孫の繁昌を祈けり。三七日に当りける夜、赤き袴に柳裏の衣着たる女房の、端厳美麗なるが、忽然として時政が前に来て告て曰、「汝が前生は箱根法師也。六十六部の法華経を書写して、六十六箇国の霊地に奉納したりし善根に依て、再び此土に生る事を得たり。去ば子孫永く日本の主と成て、栄花に可誇。但其挙動違所あらば、七代を不可過。……」と云捨て帰給ふ……江島の弁才天の御利生、又は過去の善因に感じてげる故也。
今の高時禅門、已に七代を過、九代に及べり。されば可亡時刻到来して、斯る不思議の振舞をもせられける歟とぞ覚ける。

（『太平記』巻第五「時政参籠榎島事」、ゴシックの部分は『太平記抜書』で省略された部分）

〈時代は既に末世になり、天下の権力は源氏・平氏両家の武家の間で何度かやりとりされることになった。けれども天道（の摂理）は、月の満ち欠けのように、盛りにある者を必ずいつか衰えさせるものなので、ある者は一代限りで、ある者は一時代も画することなく滅びた。今の北条高時の一家は、天下の権力を握ってから九代目（の長期）に及んでいるが、このことには理由がある。

昔鎌倉幕府ができた頃、北条時政が江の島（の弁財天）に参籠して子孫の繁栄を祈ったところ、二十一日目の夜に、赤い袴に柳色の裏地の衣装を着た、美しく威厳のある女房が忽然と時政の前に出現して（次のように）告げて言った。「汝の前世は箱根権現の僧であった。法華経を六十六部書写して、六十六カ国の霊地に奉納した功徳により、またこの世に生まれることができたのである。だからその子孫は長く日本の主となって栄華を極めるだろう。但しその振舞いに不正なところがあれば、七代以上続くことはない。……」と言ったまま帰られた。……（即ち）江の島の弁財天のご利益、あるいは過去に積んだ功徳により（長期の繁栄が）もたらされたのである。

今の北条高時入道は、既に（予言された）七代を越えて九代目に至っている。即ち滅びるべき時期を迎えたからこそ、（高時が）こんな奇怪な振舞いをされたのだと思われるのである〉

引用文の冒頭で、先にみた「源平交代」史観による歴史の推移を述べた後、北条高時が何故権力者の地位を得たのかを説明するために、その先祖北条時政が江ノ島の弁財天に参籠した際、弁財天から夢告を得た逸話を記している。即ち北条時政の前世は箱根権現で仏事に携わる僧侶であり、『法華経』を六十六部書写し、日本六十六カ国の各国の霊地に奉納した功徳により、「日本の主」つまり権力者の地位を得ることになった、しかし人の道に外れた振舞いがあれば七代以上栄えることはないというのが託宣の内容であった。高時まで九代を数え、亡ぶべき時を迎えたため、高時は奇矯な振舞いをした、との説明である。同じ部分をキリシタン版『太平記抜書』でみてみよう（巻第二・§十）。

時已に澆季に及で、武家天下の権を執る事、源平両家の間に落て度々に及べり。然ども、天道　必（かならず）盈（みてる）を虧（か）く故に、或は一代にして滅び、或は一世をも待（また）ずして失ぬ。今の高時禅門、已に七代を過、九代に及べり。されば亡べき時刻到来して、斯る不思議の振舞をもせられけるかとぞ覚えける。

〈時代は既に末世になり、天下の権力は源氏・平氏両家の武家の間で何度かやりとりされることになった。けれども天道（の摂理）は、月の満ち欠けのように、盛りにある者を必ずいつか衰えさせるものなので、ある者は一代限りで、ある者は一時代も画することなく滅びた。今の北条高時入道は、既に七代を越えて九代目に至っている。即ち滅びるべき時期を迎えたからこそ、（高時が）こんな奇怪な振舞いをされたのだと思われるのである〉

江ノ島の弁財天の夢告や、北条時政の善根に関する記事が一切省略されていることは、既に第二章でみたようにキリシタン版として出版された本書の大きな特徴であろう。キリスト教を布教するとともに、「異教」と徹底して対決したイエズス会が、江ノ島弁財天の功徳を収録するなどありえないことだったからである。だからこうした削除それ自体は何ら不思議ではない。

宣教師の重視する「源平交代」の記述

むしろ興味深いのはキリシタン版『太平記抜書』の巻第二の§十が、ここに引用した部分のみになっていることである。その直前の§十（巻第二は編集の手違いで§十が二つある）は行数でみても、この十倍程度の分量、その直後の§十一は短めではあるものの、この五倍程度の分量がある。巻第二の各章と比較してこの§十は最も分量が少なく、二番目に分量の少ない§四、§七、§九の、更に半分程度の分量しかないのである。

しかも先に引用した§十にはさしたる具体的な事件も記されておらず、他のかなりの章が省略されているこの『太平記抜書』の中では、一見わざわざ収録する必要のないものともみえるのである。これほど分量の少ない、しかも何ら具体的な事件のない部分を何故わざわざ章立てしなければならなかったのかといえば、理由は一つしかないだろう。ここに表明された「源平交代」史観が、『太平記』の中でもことさらに重要な部分だと、イエズス会が認識していたからであろう。言い換えればイエズス会は『太平記』が「源平交代」史観を表明した歴史書であると認識していたのである。

ここにもイエズス会が『太平記』を重視していたことの一端がみえるように思われる。彼らが布教活動を通じた日本人との接触により、日本人の間で「源平交代」史観が流布していることを知っていたことは、先のコエリョ、フロイスの報告から窺える。一方、『太平記』が多くの日本人の間で尊重され、愛好されていることも知っていたことは、ここまで述べてきた通りである。そうなれば、彼らが『太平記抜書』を製作する際の編集方針も自ずから決まらざるを得ないだろう。『太平記』のうち、「源平交代」史観を記した部分は殊に重要であるから、いくら短くて、重要な事件がなくとも収録しなければならなかったのである。

Ⅱ　日本人の歴史認識

イエズス会宣教師たちが、日本の歴史を「源平交代」の歴史であると考えたからには、彼らに情報を提供した日本人たちが、何よりもこうした考え方をもっていたはずである、と先ほど述べた。それでは、当時の日本人が「源平交代」史観をもっていた形跡は果してみつかるのだろうか。ここではこの問題を考えたい。

大友宗麟の受洗と家臣の言い分

豊後国の大友宗麟は、十六世紀後期の、それもイエズス会から洗礼を受けたキリシタン大名として著名である。ところが、宗麟は自分の意志だけでやすやすと洗礼を受けられたわけではない。確かにイエズス会宣教師ルイス・フロイスに対しては、十六歳の折からキリスト教への入信を望んでいたと語っており、それは天文十四年(一五四五)、有名なイエズス会宣教師フランシスコ・ザビエル初来日の四年前からということになる。しかし、イエズス会と接触して以来、一貫してその布教活動に好意的だった彼が、実際に受洗したのは天正六年(一五七八)、十六歳の折に希望をもってからなんと三十三年が経過していた。のみならず、彼の受洗は大友家中に動揺をもたらし、家臣たちの大きな反発を呼び起したのである。

受洗に反対する宿老の一人、戸次(立花)道雪は、大友家の重臣たちに宛てて次のように書いている。「豊後のありさまは無道が罷り通っていて、そのために天罰を受け、近年宗麟様が思い立たれる戦争で勝利することはなく、方々で評判を落とし、結局は御国の難儀となっていると他国からも批判され、賤しい身分の子供までがあざけっているそうです」「老若男女ともに『天竺宗』(キリスト教)とかになって、寺院や神社を毀し、仏像や神体を川に流し、薪にし、前代未聞のありさまです」「昔から寺院や神社のものだった所領を剝奪し、家来に与えるようなことが方々で行われているというではありませんか」「口幅ったいようですが、源平の昔から仏や神のご加護を祈って、正しい道理を重んじ、正当な方法に基づいて戦に臨んできたと伝え聞いております（中々利口に過ぎたる申し事に候へども、源平以降、仏神の加護を祈り、義理・正路を先立てて、弓矢を取られ候とこそ申し伝へ候）」（『立花家文書』〈天正八年〉二月十六日戸次道雪書状）。

もちろん大友宗麟もこのような考え方は十分承知していたと思われる。彼はキリシタンとなる希望をもちながらも、改宗をさせようとイエズス会宣教師メルシオール・ヌーネス・バレトが弘治二年（一五五六）に豊後府内に宗麟を訪れた時には、キリスト教に改宗すれば、たちどころに家臣に殺され大名の地位を失うと考えており、禅宗の信仰を依然堅持していたとも報告されている（五野井隆史『日本キリシタン史の研究』百三十四頁）。

そもそも大友宗麟の「宗麟」という法名は仏教のものであり、改宗以前の永禄五年（一五六二）に名乗ることになったものである（外山幹夫『大友宗麟』百二十八頁）。受洗より八年前には、イエズス会の活動に好意的であることは一貫していたものの、宗麟は京都大徳寺から怡雲禅師を豊後府内の寿林寺に請住せしめている（同上、百六十四頁、百七十一頁）。これを知ったイエズス会宣教師ジョアン・バウティスタ・デ・モンテも、宗麟が禅宗の僧を尊敬し、「目下国王(宗麟)が他の仏僧らと住むための広壮な僧堂を建設しているが、これは我らの教えにとって少なからざる損害」(一五七一年九月二十一日書翰、CEV I f.316.『一六・七世紀イエズス会日本報告集』第Ⅲ期第四巻、百二頁を参考に筆者訳)と記している。やはり「源平以降」の「仏神」への祈禱が戦の勝利に不可欠であると考えていたのであろう。

ところで先ほどの戸次道雪の書状にみえる「源平以降」との表現が注目される。常識的に考えれば、これはいわゆる十二世紀後半の治承・寿永の乱、即ち平氏政権が滅び鎌倉幕府成立に至る一連の争乱である。これが大友宗麟の時代には、武士が戦に臨む際の作法が始まった出発点だと考えられていたことになる。

信長へ頼朝の太刀を

室町幕府の最後の将軍となる足利義昭を追放し、京都と畿内を制したのは織田信長(図9)であった。よく知られているように、その信長も天正十年(一五八二)六月の本能寺の変で死亡するが、その直前の三月には甲斐・信濃・駿河などを領していた有力な戦国大名武田勝頼を滅ぼし、東は碓氷峠、北は越後まで信長の敵は一人もいなくなった、と第一章で触れた興福寺多聞院の僧英俊は、『多聞院日記』に記している。更にこの勝利と同時に浅間山が噴火したが、これは古老によると、甲斐・信濃国の滅びる「物怪」（前兆）だとされてきたものである、との逸話も付け加えている。当時の人々が、武田氏の領国が天下びと織田信長に服属する運命にあったに違いない、と感じた事件である。

そのことを記した同じ日の日記に英俊は、不思議な話を書きとどめている。十年ほど前の正月二日に三河国「明眼寺」の僧可心が不思議な夢をみた。夢の中に聖徳太子が現れ、可心に「今天下を治めるだろうとされている者が三人いる。一人目の朝倉義景は器量がないから望んでも叶わないに違いない。二人目の武田信玄は武力に優れているが、無慈悲な人物なのでやはり叶わないに違いない。だから三人目の織田信長に天下は帰するはずである」と言い、更に「ところで予が昔、源頼朝に与えた太刀が、今熱田社にあるはずだから、早々に信長に遣わせ」と命令したところで、可心は目が覚めた。大変不思議なことである。

しかし、夢を真に受けるのもどうかと思い、その

図9　織田信長肖像　長興寺蔵（堀新編『信長公記を読む』吉川弘文館、口絵より）

ままにしていたところ、正月十五日の夢にまた聖徳太子が現れ、「何故、先日命じた通りに太刀を（信長のもとに）遣わさないのか」と厳しい仰せを受けたところで目が覚めた。それでも決心がつかないままにいると、今度は二月五日の夢にまた聖徳太子が現れ、「度々申し付けたにもかかわらず、何故早く太刀を遣わさないのか、この上はお前を成敗してくれよう」とのお告げがあったので、ともあれ熱田社に参詣したところ、その太刀があった。

それを持参して信長の重臣村井貞勝にみせたところ、すぐに信長に言上せよとのことであった。そこで日頃自分に帰依していた徳川家康にも相談した上で、太刀を持参して信長本人に言上した。すると信長は、「実は予も確かにそのような夢をみていた。大変目出度(めでた)いことである」と言い、「もし天下を服属させることができたなら、聖徳太子の建立と伝えられるお前の寺を再興してやろう」と約束したという（『多聞院日記』天正十年三月二十三日条）。

ここに登場する「明眼寺」は『多聞院日記』のこの記事の中で、聖徳太子の建立で、昔から戦争の際にも軍勢の乱入がない寺院であり、徳川家康もその住持可心に帰依していると記されている。「明眼寺」は三河国桑子妙源寺（現愛知県岡崎市）のことであろう。寺伝によれば、もともとは桑子城主安藤氏の城内にあった太子堂（聖徳太子を本尊とする堂）で親鸞(しんらん)が説法を行い、城主安藤信平が帰依して念信房蓮慶(れんきょう)と名乗ったことが寺院の始まりであるという。永禄六年

（一五六三）から翌七年にかけて起った有名な三河一向一揆の時には、真宗本願寺派の諸寺院と対立して徳川家康方に与し、慶長八年（一六〇三）の江戸幕府開府の年に朱印地（江戸幕府が朱印状をもって領有や租税免除などの特権を付与した寺社領）三十石を与えられ、その後徳川家康の自像が寄進され、徳川家譜代諸侯の帰依も篤かった。もともと「明眼寺」が寺号であったものを、江戸時代初めに妙源寺と改めたという。

井上鋭夫氏によれば、真宗は聖徳太子を帰依の対象とする太子信仰と関係が深く、妙源寺が当初太子堂であったことも、そうした真宗と太子信仰との密接な関係を示すものである（井上『一向一揆の研究』五十七頁）。現存する同寺の太子木像（図10）は十五世紀前半のものとされ（『真宗重宝聚英』第七巻、七十頁、小山正文氏解説）、古くからの太子信仰の存在を窺わせる。これらの点からみれば、真宗僧侶である明眼寺の僧可心が聖徳太子の夢告を受けたとするこの逸話には

図10　妙源寺孝養太子像　妙源寺蔵（信仰の造形的表現研究委員会編『真宗重宝聚英』第七巻、同朋舎出版、71頁より）

大変興味深いものがある。『多聞院日記』によれば、可心は十年ほど前に法隆寺にやってきて一年ほど逗留し、聖徳太子伝の談義を聴いていたというが、これもまた太子信仰との関連から興味を惹かれる。

節刀を授けられる源頼朝

それにしてもこの奇妙なエピソードは何を意味するのであろうか。その根拠は『平家物語』の一挿話にあるとされている。よく知られているように、平氏討伐を命じる以仁王の令旨が諸国に伝えられ、源頼政が挙兵した直後、平清盛は都を福原に移した。これは極めて評判が悪く、同じ年の十一月に都は京都に戻されたが、僅かの間、都が福原にあった時代に、次のような出来事があったと『平家物語』は記している。

福原にあって、平家の人々は夢見が悪く、常に胸騒ぎがして、妖怪が出現するようなことがしばしばだったという。巨大な化け物が清盛の寝ているところに一瞬現れたり、二、三十人が一度にどっと笑う声が聞こえて天狗のしわざと噂されたり、頭蓋骨の山が忽然と現れたり、厩にいた馬の尻尾に鼠が巣をつくり、子を産むようなことまで起ったという。当時のことであるから、これは何の予兆なのか陰陽師（占いを担当する朝廷の職員）に占わせたところ、厳重に身を慎むにこしたことはない、との判断が示された。

中でも中納言源雅頼に仕えていた青侍（貴族の家に仕える身分の低い侍）のみた夢は恐ろしいものであった。大内裏の中の神祇館（神祇官の庁舎）らしいところで、衣冠束帯（公家の正装）に身を正した身分の高い貴族たちが会議らしきものを開いており、その末席に控えていた平家の味方らしい人が追い出された。青侍は夢心地に、あの人はどんな人ですか、と側にいた老人に尋ねたところ、あれは厳島大明神だ、とのことであった。

そうこうするうちに上座にいる如何にも上品な老人が「日頃は平家に預けておいた節刀を、今度は伊豆国の流人頼朝に与えようと思う」と言うと、その側にいた老人が「それでは頼朝のあとは我らの子孫に下され」と発言した。その老人それぞれの名を先の老人に尋ねたところ、「節刀を頼朝にやろう」と言ったのは八幡大菩薩、「その後は私たちの子孫に」と言ったのは春日大明神、このように申している私は、武内宿禰（石清水八幡宮に祀られている伝説上の武人）、との答えであったという（覚一本『平家物語』巻第五）。

節刀を失う平清盛

青侍の夢について、念のため説明を加えておけば、「節刀」とは政権の象徴であり、今まで神々の手で平氏に預けられていたが、平氏の守り神の厳島大明神が神々の集まりから放逐され、「節刀」を伊豆に配流されていた源頼朝に渡すことが源氏の守り神八幡大菩薩により決定され、その源氏の後は、春日大明神を氏神とする藤原氏へと渡されることも決まった、という政権交代の成り行きを予言したものである。鎌倉時代に入って源頼朝以下源氏の将軍は三代で終わり、藤原氏の九条家から鎌倉幕府の将軍が就任したことは周知のところである。

摂家将軍九条頼経の将軍就任が予言されていることは、この逸話の成立時期を考える手がかりになるとも思われるが、それはともかくこの夢は、平家から源氏へ、という政権交代を予言したものなのである。青侍がこの夢を身辺の者に語ったところ、この話が清盛の耳に入り、清盛が「その青侍を自分のもとへよこすように」との使者を源雅頼に派遣した。これに恐れをなした青侍は逃亡してしまい、主人の源雅頼は急いで清盛のもとに参上し、「青侍が噂のような夢をみた事実は全くありません」と陳弁したため、清盛はそれ以上追及しなかった、とは『平家物語』の記すところである。この夢が平氏政権の滅亡を予言する物騒な内容をもっていたことがわかる。

まだ清盛が太政大臣にはほど遠い、身分の低い安芸守（あきのかみ）（安芸の国司）に過ぎなかった時代、新任の国司として安芸国厳島大明神に参詣した際に、夢の告げを受け、厳島大明神から実際に賜ったという小長刀を清盛は大事にしていた。寝る時も常に枕元から離さないでいたが、福原で過ごしていたある晩、消え失せてしまった、との挿話を『平家物語』は記し、「平家は日頃朝廷の警護役として、天下を治めてきたけれども、今は勅命に背いたから、節刀も召し上げられてしまったのだろうか」と結んでいる。

いささか説明がくどくなったが、先ほど紹介した、聖徳太子が織田信長に熱田社にある刀を与えることを表明した夢が、この『平家物語』の挿話の焼き直しであることは想像にたやすい。織田信長が今後の政治を掌握していくだろうという人々の予感が、聖徳太子が信長に刀を授けようとした、という夢物語の形で表明されていると考えてさしつかえないだろう。織田信長はもともと藤原姓であったが、政権の担当を意識して平姓に替えたとされ、ここに「源平交代」史観をみる見解もある。信長が事実「源平交代」史観を意識していたかどうかについては、見解が分かれているが、信長本人というよりも、当時の人々が節刀の授受による「源平交代」史観になじんでいた、とみることはできると思われる。

源氏衰退の兆し

明眼寺の僧可心が聖徳太子の夢告を受けた頃、やはり同様に日本の支配者が交代していくと感じていた人物がいた。天正元年（一五七三）九月、兎庵という僧が、京都から美濃国岐阜へと和歌を詠みつつ旅した記録が『美濃路紀行』の名で伝わっている。著者兎庵は、岐阜を訪れ、城下町の活気に満ちた風情に「平城京の初めの頃もこんな風であったか（平城の初めもかくや）」と思いながら岐阜を出て、「かきや」という場所の寺へ行った。

その昔、応仁の乱の頃、当代第一の学者・歌人として著名であった一条兼良が、美濃国守護代として守護土岐成頼を擁立したり、また西軍方として活躍したりしたことで知られる斎藤妙椿の招きでこの地を訪れ、和歌を教えたことがある。その際兼良は、妙椿の和歌への志に感じ、京都梅津の是心寺の住持をしていた娘をこの国へ遣わし、住持としたのがこの寺の始まりと伝えられる。その後裔の尼がいると聞き、恐らく一条家に縁あったと思われる兎庵は、「訪問しないのも一家の親交が薄いように思われたので（尋ね参らざらんも、一家の誼浅きやうなれば）」尼を訪ねた。

尼はその来訪を喜び、細々と詳しい話をしたついでに、その寺に祀られている、源義家が自ら彫刻したという肖像をみせてくれた。その肖像に向かい、静かに回向した兎庵がしみじみと思ったことは「源氏の権力も段々衰えていくような時がきたのであろうか。今世間で織田信長に靡かないものはいない。こんなことはこれまでにはなかったことだ。そもそも信長の先祖を尋ねれば、平重盛の後裔である。移り変わりは世の常であるから、源氏が力を得てから四百年後の今、今度は平家が栄える時代となったのであろうか（源家の権柄も漸々その勢の衰へぬべき時もや廻り来りにけむ、天が下信公に靡かぬ草木もなき有様は、先代にもその例いまだ聞かざりし事なり。その本系を訪ぬれば、小松の大臣第二の後胤なれば、暑往寒来の理にて、今四百年の後立ち返り、平氏の再び栄ゆべき世にや）」ということであった。

源氏から平氏へ

兎庵はその感慨を、「おさめしる、その源もながれずば、すみかはるべき時やきにけん」という和歌に詠み込んでいる。治政の根源、即ち「源」を源氏に掛け、「澄み変わる」（濁りが消えて澄む）を「住み替わる」（支配者が入れ替わる）に掛けて、源氏の治政が、水が澱み濁るようにうまくいかなくなり、水が再び澄むように支配者が代わる時がきたという予感を詠んだものである。ここでは平氏の後裔を名乗る織田信長が、源氏の後裔である足利義昭（図11）にとって代わるであろうとの予想が明快に示されている。

天正元年九月といえば、足利義昭と織田信長が対立し、足利義昭が京都から追放される、という事件の起った直後である。信長は義昭の挙兵を知って京都に軍勢を動かし、上京を焼打

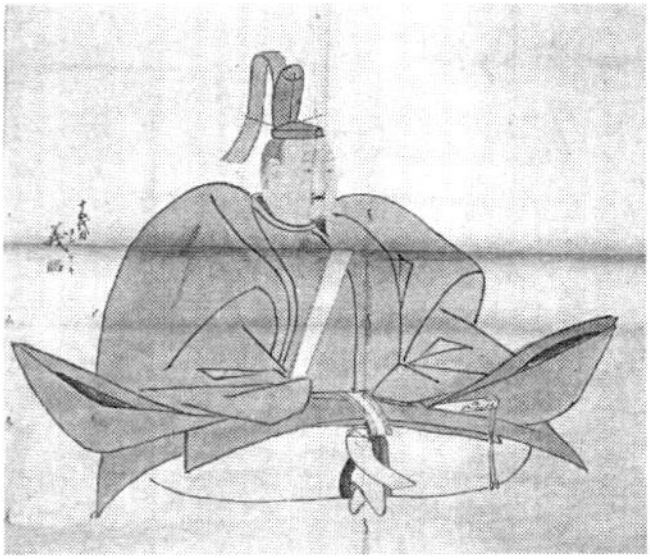

図11　足利義昭画像　東京大学史料編纂所所蔵模写

ちして義昭に圧力をかけたため、一旦は義昭と信長との和睦がなったものの、義昭は槙島城に立て籠もって再び挙兵し、城を包囲した信長の軍勢に敗れて降参し、信長の命によって三好義継の河内国若江城に送り届けられた。後世の歴史ではこれで室町幕府は滅亡したとされている。恐らく「今世間で織田信長に靡かないものはいない。こんなことはこれまでにはなかったことだ」との兎庵の認識は、彼一人のものにとどまらず、義昭の京都からの追放という政変を知って、多くの人が共有していたものだと思われる。そしてこのような変化は「源氏が力を得てから四百年後の今、今度は平家が栄える時代」に向かうものと認識されていたのである。

　このように、『太平記』や『平家物語』に表明された「源平交代」史観は、明眼寺の僧可心にも、また一条兼良に傾倒する歌人兎庵にもみることができる。一方は聖徳太子の夢告を得て、他方はさびれた寺に安置された源義家の肖像をみて考えたことであり、時代の変化を感じた文脈や環境は異なるものの、双方が同じく「源氏から平氏へ」という時代認識に達しているのである。その背景には、「源平交代」史観が、当時の人々に広く共有されていたという事情が窺えよう。

だからこそ、宣教師ガスパル・コエリョの報告書にも「源氏と平家と呼ばれる二つの公方の間」の「戦争」が記され、イエズス会の出版した『太平記抜書』も源平の交代を重視しつつ編集されたのだと考えることができる。そして当時の日本人に、こうした認識を広く伝えたものとして、やはり『太平記』『平家物語』という二つの書物をみないわけにはいかないように思われる。

第四章　記憶の場「日本」

これまで、『太平記』という書物が中世の日本人に受容されてきたありさまを、できる限り具体的に考えてきた。『太平記』がどのような書物と認識されてきたのか、『太平記』の史書としてのコンセプトがどのようなものであり、何故イエズス会に注目され、どのように利用されるに至ったか、『太平記』の歴史観が当時の日本人のそれとどのような関係にあったのか、などについてである。

そして『太平記』の描く「源平交代」史観が当時の日本人の歴史認識と密接な関連をもっていることを述べた。中世末の日本人は当時の社会状況を、過去の「日本」の歴史との対比において、一定の必然的な未来像と関わらせて認識していたと考えられる。言い換えれば、彼らは当時の「日本」の社会状況を歴史的過程として理解していた、或いは一定の歴史認識の上に立って同時代の「日本」を把握していたといえるように思われる。

ところで、ここまで「中世の日本人」「当時の日本人」など「日本人」の語を不用意に用いてきたが、以上述べたことは、人々に自らが国と歴史を同じくする「日本人」の一員であるという自己認識が存在して、初めて成立可能であることはいうまでもない。「日本」の向かいつつある方向が、自らが属する「日本人」の歴史に規定されている、という自覚なしに、当時の

「日本人」が歴史認識を共有することは不可能だったからである。

そこで、自覚的な「日本人」という集団は存在したのか、その「日本人」集団は歴史を共有しているとの自覚を有していたのか、などの点について改めて考え、仮に「日本人」の歴史なるものが共有されていたとした場合、それはどのようなものであったのか、などの諸点をこれから考察していくことにしたい。

Ⅰ　我ら「日本人」

血と言語とを同じくする

天正十年（一五八二）正月二十八日、織田信長が本能寺の変で斃（たお）れるおよそ四ヵ月前に、イエズス会宣教師ヴァリニャーノは、大友宗麟（そうりん）・大村純忠（すみただ）・有馬晴信らキリシタン大名の名代として、四人の少年をローマ教皇への使節として同伴し、長崎を出航しヨーロッパに向かった。天正遣欧少年使節（図12）として知られるこの四人の少年は、ヴァリニャーノの発案で突然に派遣が決まったものとされ、キリシタン大名らの同意があったか否かについては、議論が分か

れている。
　ヴァリニャーノがこの派遣を考えた理由は、ドゥアルテ・デ・サンデがヴァリニャーノの命で日本のコレジオの生徒のために編纂した『天正遣欧使節記』に記されている。使節の伊東マンショ・千々石ミゲル・原マルチノ・中浦ジュリアンの四人が座談し、それを二人のキリシタンが聞き出すという対話形式になっているが、これによると使節派遣の目的とは、第一にヨーロッパ諸国の偉大さ、諸王の権威・権力を実見させ、第二に「キリストの御名の威望と勢力との大きさ」に触れさせて、キリスト教の繁栄と威容を悟らせ、これらを日本に伝えること、第三にローマ教皇の「聖なる御足に」日本の大名の名において「接吻」して、ローマで「日本の名を明らか」にし、教皇がその日本人を「父としての愛」の内に包摂し、教化の対象とすること、である。
　この座談では、四人の行きの航海での体験、ヨーロッパ体験、帰りの航海での体験など豊富

図12　天正遣欧少年使節肖像画　京都大学附属図書館蔵

な体験が語られ、当時の「世界」を日本人がどのようにみたかに関する貴重な史料となっている。その中に次のような一節がある。

ミゲル　……日本人には慾心と金銭への執着がはなはだしく、そのためたがいに身を売るようなことをして、日本の名にきわめて醜い汚れをかぶせているのを、ポルトガル人やヨーロッパ人はみな、不思議に思っているのである。そのうえ、われわれとしてもこのたびの旅行の先々で、売られて奴隷の境涯に落ちた日本人を親しく見たときには、道義をいっさい忘れて、血と言語とを同じうする同国人をさながら家畜か駄獣かのように、こんな安い値で手放すわが民族への義憤の激しい怒りに燃え立たざるを得なかった。
マンショ　ミゲルよ、わが民族についてその慨きをなさるのはしごく当然だ。かの人たちはほかのことでは文明と人道とをなかなか重んずるのだが、どうもこのことにかけては人道なり、高尚な教養なりを一向に顧みないようだ。そしてほとんど世界中におのれの慾心の深さを宣伝しているようなものだ。
マルチノ　まったくだ。実際わが民族中のあれほど多数の男女やら、童男・童女が、世界中の、あれほどさまざまな地域へあんな安い値で攫って行かれて売り捌かれ、みじめな賤役に身を屈しているのを見て、憐憫の情を催さない者があろうか。……

（泉井久之助他訳『デ・サンデ天正遣欧使節記』二百三十三頁、傍線は筆者による）

この記事を記したイエズス会の直接的な狙いはキリスト教世界の情宣にあるだろう。即ち、奴隷を許容しないと自称しているキリスト教文明の優越を、日本で行われている奴隷売買を引き合いに出して強調することである。もちろんヨーロッパでも、そしてイエズス会においても現実には奴隷売買が許容されていたことは、高瀬弘一郎氏の指摘される通りである（高瀬『キリシタンの世紀』）が、情宣の意図は日本で行われている奴隷売買を批判することにあったといえよう。

しかし少年使節らの発言にも注目したい（特に傍線部）。少年使節にとって、旅先でみた「奴隷の境涯」に落ち「家畜か駄獣かのように」扱われている日本人が赤の他人であることは間違いない。その赤の他人に彼らが同情し、売った日本人に対して義憤を感じているのは、この奴隷たちが「血と言語とを同じうする同国人」であるという認識によることは間違いないだろう。「わが民族中の」「多数の男女やら、童男・童女」に「憐憫の情を催」すという原マルチノの発言も同様である。彼らは「血と言語とを同じうする」「同国人」「わが民族」という認識によって共感と同情とを表明しているのである。ここには見ず知らずの「奴隷」たちに対して少年使節らが有していた「同じ日本人」という感情的なつながりを明らかにみてとることができよう。

「日本」と「外国」

もちろん、千々石ミゲルの発言にしろ、原マルチノの発言にしろ、その発言はイエズス会の手で検閲ないし改竄(かいざん)された、いわば調製されたものであることは当然にも想定される。「同じ日本人」という民族感情の表明はイエズス会自身が、そして「最古の国民国家」としての歴史をもつポルトガル人がもっていた観念を基にしているとみることもできる。しかしその場合にも、この「対話」が日本人のキリシタンを対象に作成された以上、イエズス会からみて日本人の共感を呼ぶものと認識されていた論理によって作成されていることは間違いないといえよう。少なくともヨーロッパ人であるイエズス会宣教師らは、日本人の間に「我々は同じ日本人」との感情が存在すると考えていたとみてもよいのではないか。

一方、日本人の間では、キリスト教伝来の当初から、これを「外国の宗教」とみなし、伝統的に行われていた神仏の信仰を「日本の宗教」とする考え方が一般的にみられた。宣教師たちが博多で布教した際、キリスト教に反対する人々の中に、「(宣教師たちが)説教によって日本の良き習慣を破壊する」とか「同じ条件なら外国の偶像よりも自国の偶像に仕えるほうが良いと言って聴衆に（改宗を）思いとどまらせるべく干渉し」た者がいたとの証言がある（一五七六年九月二十八日ベルショール・デ・フィゲイレド書翰、CEV I f.370.『十六・七世紀イエズス会日本報告集』第Ⅲ期第四巻、三百一頁を参考に筆者訳）。「世間の人々が、どうして日本の習慣や宗教のことを何も知らぬ、無知な異国の連中のことで大騒ぎする考えになるのか拙僧には納得がいかぬ」と主張してキリスト教を批判した日本人のことも記録されている（フロイス『日本史』第一部第八十四章、松田毅一・川崎桃太訳『日本史』四・第三十三章、百二十二〜百二十三頁）。

キリスト教に対する反対論も、宣教師らが日本に対する領土的野心をもって布教しているとの懸念によるところが大きく、江戸幕府の禁教令にはこれが正面から表明されているし、高瀬弘一郎氏によればキリシタン自身の中にこういう見方をもつ者もいた。例えば独力でローマに留学し、司祭となったトマス・アラキもこうした疑惑をもっていた。駿府へ出向き、新大陸やフィリピンの例を挙げて布教が侵略的だと告発したキリシタンもおり（『長崎実録大成』正編・第七巻、百七十三頁）、少年使節の一人千々石ミゲルもこの疑惑から棄教したとされている。ヨーロッパ人の征服に抗して守るべき「日本」という観念は、この時代一般的であったといえよう。

「日本」の最も主要な言葉

とすれば、先にみた少年使節の発言は、イエズス会による検閲・改竄の可能性を考慮してもなお、信憑性の高い「日本人」意識の表明だとみてよいだろう。とするならば、次にこうした「我々は同じ日本人」という感情が形成された条件が問題となろう。その点で注目されるのは、十六世紀半ばに畿内でキリスト教の布教を行っていたガスパル・ヴィレラの報告である。ヴィレラは日本について、次のように述べている。

この日本の王国は広大であり、前述の通り六十六の王国を有する。このように（王国が）数多いにもかかわらず、言語はあまねく一つであり他の言語が混じっていない。これは、このすべての王国が聖母の団体なる教会に入り、ただちに創造主を知るに至ることの大きな、（そして）確かな兆しである。

（一五六五年九月十五日書翰、CEV I f.197.『十六・七世紀イエズス会日本報告集』第Ⅲ期第三巻、三十一頁を参考に筆者訳）

当時の日本が言語の面から「他の言語が混じっていない」「あまねく一つ」であるようなまとまりをもっていたというのである。もちろん、いつの時代もそうであるように、当時の日本でも地域により言葉が違っており、いわゆる「方言」があったことが知られている。「京に筑紫へ坂東さ」（京都ではどこそこ「に」行く、筑紫国〈現福岡県〉ではどこそこ「へ」行く、関東ではどこそこ「さ」行く、と土地により言葉が違う）との諺は有名である。

しかし当時の日本語を流暢にしゃべったというヴィレラについて、同じ宣教師のルイス・フロイスが、「（ガスパル・ヴィレラは）日本全国でも最も主要でどれよりも洗練された、この（都の）宮廷の言葉を非常に流暢に話し、その言葉で説教し、告解（信徒が、神と司祭の前で、犯した罪を告白すること）を聞き」（一五六五年一月二十日書翰）と述べているように、各地の言葉の間には「最も主要でどれよりも洗練された」京都の宮廷（恐らく幕府を指すと思われる）の言葉を頂点とした価値序列が厳然としてあったと考えられる。言い換えれば当時の日本では、最も中心的で公用語と目される言葉が存在していたと思われるのである。

「日本」の公用語と歴史

因みにヴィレラやフロイスの故国ポルトガルでは、十三世紀末、既にラテン語に代わり俗語

（母体であったガリシア＝ポルトガル語から分化し成立したポルトガル語）が公用語として、教会文書も含め用いられていたことが知られている。一五三六年には、フェルナン・デ・オリヴェイラによる『ポルトガル語文法』が著された。これはアントニオ・デ・ネブリハによる一四九二年の『カスティリャ語文法』と同じ俗語の文法書である。書き言葉のラテン語ではない、話し言葉である俗語の文法を著すという事業は、もともと地域ごとに異なる話し言葉であった俗語に、標準的な語法を要求すること、要するに「国民」の標準語ともいうべき国家の公用語が生まれる動向と軌を一にするものとされている。つまり、当時ポルトガルでは国家の公用語が歴然と存在していたのである。そのようなポルトガル出身の宣教師がみた日本の言葉の状況も、彼らの祖国と類似したものであったことが窺える。

　更に加えれば、戦乱が収まったとされる江戸時代初期は、幕府や朝廷によって矢継ぎ早に史書が編纂された時期でもある。徳川家康の命で古書の蒐集・書写が行われ、『吾妻鏡』五十一冊が版行されたり、徳川家光の将軍在任中に、十七世紀後半になり版行される『本朝通鑑』の編纂が始められたりしている。また後陽成天皇の命により『日本書紀』神代巻や『職原抄』が版行され（慶長勅版と呼ばれる）、キリシタン版『太平記抜書』の底本とされる『太平記』が出版された（慶長八年古活字本『太平記』）のもこの時期である。即ち、当時の日本は、国の言葉と国の歴史を具え(そな)た国家としての内実を有していたことになる。

Ⅱ　草の根の歴史意識

歴史上の先祖

それでは当時の日本に、公用語ともいうべき言葉が存在し、国の歴史と呼ばれるものが政治を行う支配層の手で制作されていたとして、こうした動きと庶民の実情とはどの程度関わりがあったのだろうか。日本列島に住む「日本人」が公用語の「日本語」でコミュニケーションを行い得たことは大して不思議ではないかもしれない。しかし学校教育も行われていない時代に、日本列島に住む「日本人」の、いわば常識となるような歴史があったのだろうか。

歴史が国民に流布していく道筋として、大きくいって二つが考えられる。一つは朝廷や幕府・藩などによる公的な歴史の編纂が行われ、これが正統な、いわば知の制度として教育を通じて国民に普及していくというものである。しかし、公的な教育制度もない十七世紀の日本では、こうした過程を想像することは非常に困難である。もう一つは当時盛んであった演劇や出版により歴史物語が流布していく道筋である。前述のように江戸時代、京都の四条河原などの納涼の場で人々が『太平記』や『平家物語』を聴いていたこと、またこれらの物語との接触の場は中世から存在したことを想起すれば、歴史の知識が流布していくこの道筋は十分ありえたと考えることができよう。

江戸時代の人々の間に、歴史の知識はどのように流布していったか、この大問題を考えていく上での一つの手がかりとして、東京都狛江市の玉泉寺に伝わる『玉泉寺過去帳』（『狛江市史料集』第十二、図13）は大きな手がかりとなる。この過去帳には寺院の檀家とならんで歴史上の人物が供養の対象として記載されており、寺院と関係をもった庶民が、自らの歴史上の先祖をどのようにみていたかを窺い得る、貴重な史料であると思われる。「日繰り過去帳」と呼ばれる形式のものであり、過去帳に記される

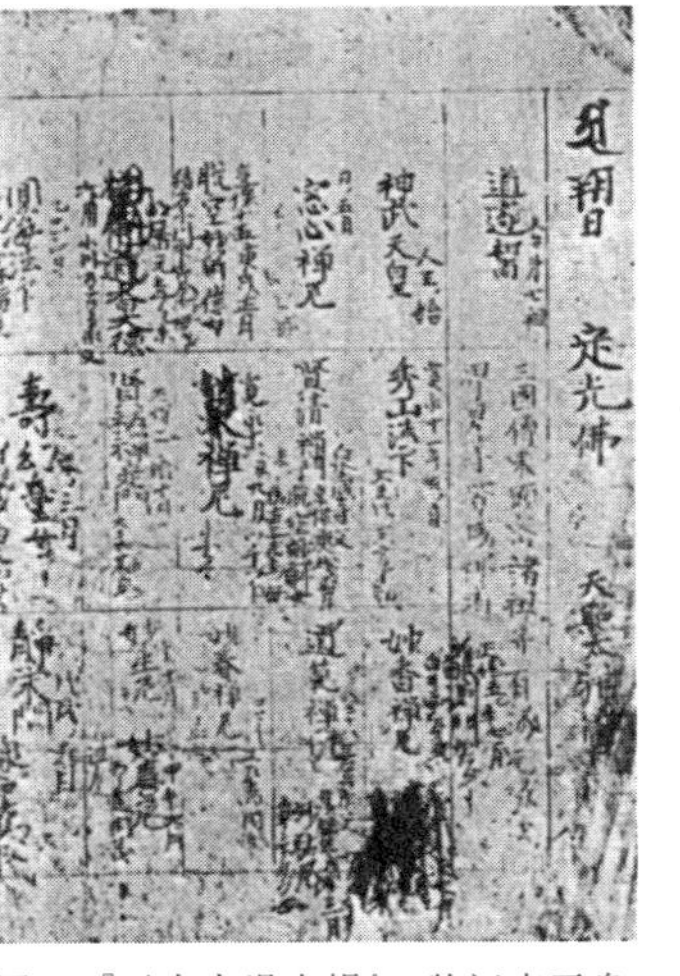

図13『玉泉寺過去帳』　狛江市玉泉寺蔵（狛江市編『狛江市史料集』第十二、354頁より）

死者が、その命日に従って朔日から晦日まで、それぞれの日付の下に分類されて記載されている。

第一に、そこに記された人名の多くは寺院の近隣・近郷の檀家と思われる人々であり、没年月日とともに法名や俗名が記されている。例えば朔日の頁に記された「心巌了性尼」の法名の脇には「延宝八庚申二月」との没年が記され（つまり延宝八年〈一六八〇〉二月一日が没年月日である）、「大久保勘左衛門内」と生前の地位が記されているのが一例である。こうした檀家と思われる人々の記載がまずは圧倒的な部分を占めている。

第二に、これが寺院の記録であるために、直接檀家や住職家に関わりがなくとも、宗旨や本末関係（寺院社会における本寺と末寺との階級制度に基づく関係）によるものであろうか、仏教者の記載が多い。例えば天台宗を日本にもたらした最澄の師道邃（天台宗第七祖とされる）を始め、妙楽大師（湛然）、章安大師（灌頂）ら中国の天台宗の高僧、伝教大師（最澄）、慈恵大師（良源）、弘法大師（空海）、智証大師（円珍）など著名な日本の高僧らが記されている。更には羅什三蔵、不空三蔵、善無畏三蔵など中国で高祖と仰がれる仏教者、はては韋提希夫人（父を殺害したマガダ国の王子阿闍世の母）、舎利弗（釈迦の弟子）など経典の登場人物までが記載されている。これらもまたこの寺にとっては檀家と等しく供養の対象であったと思われる。

第三に、上記二つのジャンルとは別に、神武天皇、垂仁天皇を始めとする天皇たち、染殿后、光明皇后、聖徳太子などの皇族が、また平重盛、平清盛、源義朝、源頼朝、源義経を始め、中世史を彩る錚々たる歴史上の武将たちが、或いは柿本人麻呂や小野篁、藤原定家ら歌人たちが記されている。そして徳川家康を始めとする江戸幕府の歴代将軍やその係累も記載されているのである。

過去帳を読む

そもそも寺院や檀家との関わりも定かでない歴史上の人物が過去帳に記される必然性があるのだろうか。また仮にそうした必然性があったところで、生没年も不明で伝説上の人物とさえされる、例えば神武天皇の命日が朔日だとどうしてわかったのだろうか。そこで、過去帳に記された天皇の命日を『日本書紀』『本朝皇胤紹運録』『皇代記』などによる現代の知見と比較してみると、凡そ八割の命日が正確に記されていることがわかる。歴史上の俗人について現在知られている命日と比較すると、源頼朝や源義経のように正確なものが全体の半分程度で、あとは典拠不明のものである。

即ちこの過去帳に記された人物に関する歴史的知識は、信憑性の高い史料から漠然とした伝承まで、かなり雑多な情報源からのものが混在している印象が強い。従ってこの人々が、どのような歴史的知識の所産としてここに記されるに至ったかを考えることは大変困難であるが、記事そのものに即して推理してみたい。

まず、この過去帳が寺院で利用されたのはいつ頃であろうか。現存する三種類の過去帳のうち、最初に作成されたものについて考えてみたい（残りの二冊はいずれも、後になってからこの最初のものを書写・補筆して改めて作成したものを、更に書き継いだものと考えられる）。朔日から晦日までの各日それぞれに記載された、檀家の人々の没年をみると、おおざっぱにいってこれが十七世紀前半から十八世紀後半にわたることがわかる。もちろん記載された年代には、例えば「戊戌の五月」のように干支のみのものもあるが、はっきり年代のわかる記載だけからも大体の分布傾向を推測することは可能である。例えば朔日に記載された年代は寛永十一年（一六三四）～寛延三年（一七五〇）まで、二日の記載年代は文禄二年（一五九三）～宝暦二年（一七五二）まで、三日のそれは承応元年（一六五二）～寛延四年（一七五一）まで、というふうに、大体十七世紀前半から十八世紀中葉にわたっている。

もちろん例外があって、例えば晦日は貞享二年（一六八五）から始まるので、始まりは著しく遅いが、最も遅い年代は延享元年（一七四四）であり、十八世紀の中葉で終わっている。また逆に十日は文化四年（一八〇七）と著しく遅い記載があるが、これは玉泉寺の住職のものであり、その前は延享四年（一七四七）の記載であるから、飛びぬけて遅い記事が特別に後に付け加えられたとみることもできる。特に注目すべきは、この過去帳には徳川家康に始まる江戸幕府の歴代将軍が記載されているが、その最後が第七代将軍徳川家継（正徳六年〈一七一六〉没）であり、第八代将軍徳川吉宗（寛延四年〈一七五一〉没）以後の将軍は記載されていないことである。過去帳使用の下限を示唆する情報だといえよう。従って、この過去帳は十七世紀前半から十八世紀半ばの死者の追善供養に用いられたものと考えて大過ないように思われる。

「一紙列名」の契約

このような過去帳の類例は他にもあり、例えば室町前期から明暦年間（十七世紀半ば）にかけて書き継がれていったことのわかる下総国（しもうさのくに）小金（松戸市）本土寺にある『本土寺過去帳』では、朔日に道邃を記し、三日に天親菩薩（五世紀頃に大乗仏教を説いた仏教者）を、四日に最澄を記し（命日は六月四日）、五日に湛然を、七日に灌頂を記し、二十九日に円珍（命日は十月二十九日）を記すなど、玉泉寺のものと一致する点がある。つまり玉泉寺の過去帳は仏教者の記載に関する限り特異なものではなく、むしろ、過去帳の一類型として、中世後期から近世初期に珍しくないものであることが窺われるのである。

一方、天皇・皇族を始めとする、しかも寺院に直接関係があるとは思われない俗人が記されている点はどうであろうか。実はこのような記載をもつ過去帳も他に存在するのである。京都本法寺（上京区）の『本法寺過去帳』が好例である。これもやはり朔日に道邃を記す点で前二者と共通しており、更に朔日に神武天皇、垂仁天皇を記しており『玉泉寺過去帳』と一致している。また五日に湛然・後奈良天皇を、七日には灌頂・後柏原（ごかしわばら）天皇を記している。二十二日に聖徳太子を記すのも『玉泉寺過去帳』と一致している。先ほどみた『本土寺過去帳』は、俗人としては恐らく寺院と個別の関わりのあった千葉氏などの記載が殆（ほとん）どだが、それでも十八日には孔子、白楽天、小野小町などの俗人と「一辺上人」（一遍）の記載がみられる。

こうしてみると、過去帳に歴史上の人物を記し、追善供養の対象とするという作法は、仏教の教理上どのような根拠があるかは別として、さほど特異なことではなかったとみてよいのではないか。それでは何故、寺院の檀家供養が目的である過去帳に、歴史上の著名人が記される必要があったのであろうか。この点については『本土寺過去帳』の序文に次のように記されていることが注目される。

私見によって天竺・震旦（中国）・日本において仏法が繁栄するありさまを考えると、同じ樹の下で一夜を過し、同じ井戸から水を飲んだという出逢いさえ、永い年月に及ぶ輪廻転生の中で仏法に結びつく縁となる。まして一枚の紙（過去帳）に名前を連ねることはなおさらである。極楽浄土との強い結縁となり、迷える者も悟れる者も廻向を受けることであり、凡人も聖人も等しく救われるという真理に適うのである（窃(ひそ)かに三国の興起を案ずるに、一樹の陰に宿り、同じ井の水を汲む、これ併しながら多生曠劫の厚縁なり。何ぞ況や一紙列名の契約をや、一仏浄土の勝縁、迷悟同時の廻向を顕はし、凡聖一如の実義に叶ふ）。

（『松戸市史』史料編四、三十七頁、原漢文。菅原昭英氏のご教示による）

即ち、日繰り過去帳の同じ料紙に記載されることが「一紙列名の契約」となり、記載された人物はすべて同じ縁で結ばれ、ともに救われる、というのがこの序文の意味するところといえよう。その一生が広く知られる歴史上の著名人と同じ仏の恵みに与(あずか)るという、大変光栄な地位を約束するものが、こうした日繰り過去帳への記載なのである。かくして、寺院や檀家と特に縁があるわけではない歴史上の人物、特に俗人を過去帳に記すことは、さほど特異ではない当時の慣習だったと考えられる。これら歴史上の著名人は、いわば日本人共通の先祖と認識されていたといえよう。
では、歴史上のどういう人物がことさらとりあげられ、過去帳に記載されたか、という点が問題となろう。次にこれを考えたい。

『平家物語』『太平記』の歴史知識

表1（百四十四～百四十七頁）は、『玉泉寺過去帳』にみられる人名のうち、寺院独特の情報源によると思われる僧侶を除き、天皇・皇族と俗人に限って『平家物語』『太平記』に記載されているか否かを検証したものである。かなりの人物がこの二つの史書に登場するが、特に著しいのは天皇・皇族についてである。朔日から晦日まで八十二人（記載が重複しているものを除く）、そのうち、六十人が『平家物語』『太平記』のどちらかに登場している。もちろんこの時代には皇代記（歴代天皇の年代記）が存在しており、歴代天皇の名前を知り、記載することはさほど困難なことではない。なにも『平家物語』『太平記』を特にその情報源であると考える必要はないかにみえる。

しかし『玉泉寺過去帳』にみられる天皇名にはある特徴がある。それは歴代の天皇を網羅しているわけではなく、天皇の代数が不規則になっていることである。特に注目したいのは、ここに登場する歴代天皇が、後光厳天皇、後円融天皇、後花園天皇まで終わっていることである。後光厳天皇が『太平記』に登場する最後の天皇なので、『太平記』以後の時代の天皇は後円融天皇、後花園天皇の二人のみしか記されていないということになる。この点は、この過去帳にみえる歴史人名が、『太平記』以前の情報を主としていることを示唆するものである。

もちろん徳川家康以下、家継までの歴代の江戸幕府将軍が記載されていることをみれば、それ以後の歴史知識も利用されていることは明らかであるが、将軍の名については江戸近郊という地域に密接に関わる知識であると想像される。先ほどみた京都の『本法寺過去帳』が後奈良、後柏原の二人の天皇を記載している点が、京都という地域と密接に関わる知識と考えられるのと同様である。

更に武将ら俗人に関していえば、記載のある個人三十二名中十八名が『平家物語』『太平記』のどちらかに登場する。また仏教者と分類した登場人物のうち、例えば浄蔵貴所（二十一日）は「貴所」という敬称が『太平記』（慶長八年古活字本）と一致していることが注目される。法名浄円こと平維盛には「寿永三年三月那智の奥にて自水」と、『平家物語』そのままの注記がなされていることも注目される。記載人物の情報の、少なくとも一部が『平家物語』『太平記』二史書からのものであることが推測される。

表1 『玉泉寺過去帳』天皇・皇族・俗人人名一覧

『平家物語』の登場人物はゴシックで表し、『太平記』の登場人物は□で表す（『平家物語』は語り本系の覚一本〈東京大学国語学研究室蔵本〉を用い、『太平記』は慶長八年古活字本を用いた）。＊は『玉泉寺過去帳』の中で複数の箇所に重複して記載されている人物。

日	区分	人名
朔日	天皇・皇族	神武天皇・垂仁天皇・染殿后
	俗人	浄蓮（平重盛）
二日	天皇・皇族	鳥羽院・伏見院
	俗人	小野篁
三日	天皇・皇族	崇峻天皇・天智天皇・伏見院＊
	俗人	不比等（藤原）
四日	天皇・皇族	葛原親王・元明天皇・称徳天皇（孝謙天皇）・清和天王（皇）
	俗人	時政（北条）・義朝（源）・静海（平清盛）・藤（藤原）魚名
五日	天皇・皇族	孝昭天皇・崇神天皇
六日	天皇・皇族	後堀河院・後伏見（天皇）

日	区分	名
七日	俗人	長棟（小笠原？）・高巌院（徳川家綱正室）
	天皇・皇族	円祐（融）院・白河院・平城天皇・景行天皇・推古天皇・後二条院・光明皇后
	俗人	後京極（九条良経）
八日	天皇・皇族	孝安天皇・孝霊天皇・淳和天皇・花山院
	俗人	厳有院（徳川家綱、江戸幕府第四代将軍）
九日	天皇・皇族	四条院・三条院・舒明天皇
	俗人	家隆（藤原）
十日	天皇・皇族	持統天皇・孝徳天皇・宣化天皇
	俗人	常憲院殿（徳川綱吉、江戸幕府第五代将軍）・浄光院殿（綱吉正室鷹司信子）
十一日	天皇・皇族	成務天皇・土御門院・偏行法王（花園天皇）・具平親王
	俗人	如実（北条政子）
十二日	天皇・皇族	順徳院・円祐（融）院＊
	俗人	源義氏（正義、足利義氏）・平ノ高時（北条高時）
十三日	天皇・皇族	後白河院・光仁天皇
	俗人	頼朝（源）・藤原鎌足・忠盛（平）

日	区分	名
十四日	天皇・皇族	高倉院・後高倉院・一条院・久明親王
	俗人	文昭院殿（徳川家宣、江戸幕府第六代将軍）
十五日	天皇・皇族	応神天皇・嵯峨天皇・文武天皇・履中天皇・敏達天皇・亀山院
十六日	天皇・皇族	仁徳天皇・後深草院・後醍醐院
十七日	天皇・皇族	桓武天王（皇）・安閑天王（皇）・後一条院・後嵯峨天皇
	俗人	家安（徳川家康）
十八日	天皇・皇族	東三条院（一条天皇母詮子）
	俗人	人丸（柿本人麻呂）・満仲（源）
十九日	天皇・皇族	宇多院・堀河院・後冷泉院
	俗人	寺田縄落城〈諸聖霊等〉
廿日	天皇・皇族	九条廃帝（仲恭天皇）
	俗人	大猷院殿（徳川家光、江戸幕府第三代将軍）・河越三次原〈合戦諸聖霊〉・二宮合戦諸聖霊・岩村落城諸聖霊・定家（藤原）
廿一日	天皇・皇族	元正天皇・仁明天皇
廿二日	天皇・皇族	聖徳太子・醍醐天皇・後鳥羽院・後伏見院＊・一条院＊
	俗人	高時（北条）＊・重忠（畠山）

廿三日　天皇・皇族　近衛院・上宮太子（聖徳太子）＊
　　　　俗人　八王子落城〈諸聖霊等〉・小野篁＊
廿四日　天皇・皇族　安徳天皇・安和天王［「安和の御門」（冷泉天皇？）］・斉明天皇（皇極天皇）・冷泉院
　　　　俗人　台徳院（徳川秀忠、江戸幕府第二代将軍）
廿五日　天皇・皇族　村上天皇・後宇多院・光仁天皇＊・光孝天皇
　　　　俗人　東寺合戦〈諸聖霊等〉
廿六日　天皇・皇族　崇徳院・後円祐（融）院・六城院（六条天皇）
　　　　俗人　真田落城諸霊〈甲子十二月〉・柿本人丸（柿本人麻呂）＊
廿七日　天皇・皇族　後花園院・二条院・文徳院
廿八日　俗人　浄円（平維盛）・九霊島原合戦〈丑十二月／諸聖霊等〉
廿九日　天皇・皇族　後光厳院・陽成院
晦日　俗人　成氏（足利）・有章院殿（徳川家継）・義経（九郎大夫、源）・源義氏（正義、足利義氏）＊

以上の点から、『玉泉寺過去帳』にみられる歴史上の人物の記載は、この過去帳が用いられていた時代の人々の歴史知識を反映していると考えられるが、その少なからざる部分が『平家物語』『太平記』に依拠している可能性が高いとみることができる。そして、前章まででみてきた、この二つの史書への中世・近世の人々の親しみ方を考慮するならば、主としてこの二つの史書に依拠しつつ過去帳が作成されていた、という想定も決して無理とはいえないように思われる。もちろんこの点は今後のさらなる検討を必要とする仮説にすぎないが、江戸時代の人々の歴史の知識に対して、この二つの史書が与えた影響は決して小さなものではなかったとみることはゆるされよう。

　このようにみてくると、近世に至って朝廷や幕府によって史書の編纂が行われるようになる背景として、政府や支配層の安定、確立という側面のみならず、一般の人々に日本の歴史の知識が受容され、蓄積されていたことを考える必要があるのではないか。政府の営為として作成された歴史が普及するから、歴史認識が国民に共有されるというだけではなく、一定の歴史認識が国民の間で共有されていたからこそ、政府が官撰（かんせん）の史書の編纂という営為に向かったという側面もあるように思われる。

「神国」日本

十六〜十七世紀の日本では、「同じ日本人」という感情を共有し、少なくとも言葉と歴史認識とを共有している、「日本国」という人々の集団があったことを述べてきた。言い換えれば国民の自覚をもつ「日本人」が形成する「日本」という国家が存在していたと考えられる。では、その「日本」という国家は、そこに所属する「日本人」からどのような存在として認識されていただろうか。史料に現れてくる限りでいうならば、それは「神国」ということになる。

「神国」思想といえば、とかく独善的な民族的優越意識の表明という文脈で語られることが多い。古くは神功皇后の新羅「討伐」の伝説が引き合いに出され、鎌倉時代、蒙古襲来の際には、日本は「神国」との観念が強く意識されたことが指摘され、そして外国から伝来したキリスト教を禁止する先駆けとみられる豊臣秀吉の伴天連追放令に「日本は神国」、禁教の決定打とされる江戸幕府の禁教令に「日本はもとこれ神国」とあることも含め、偏狭で排外的な自国認識と、外国に対する謂れのない優越意識の表明とされてきた。

このような「神国」の認識に大きな影響を与えているのは、いうまでもなく七十年ほど前の太平洋戦争の際に日本人が発揮したナショナリズム、即ち「神州不滅」の意識と、第二次世界大戦後にそれを解体するために、ＧＨＱ（連合国軍最高司令官総司令部）が発した「神道指令」

の中で「軍国主義的乃至過激ナル国家主義的イデオロギー」と規定された内容とである（菅野覚明『神道の逆襲』六十九頁）。しかし「神国」思想をこうした面でのみ捉えるのは、菅野氏の指摘される通り、千年以上の歴史をもつ語の内容理解としては著しく一面的といわざるを得ない。

神をめざす「日本」の諸侯

特に、十六世紀後半から十七世紀に至る時代の「神国」観を、二十世紀のものさしで理解しようというのは、理解の方法それ自体として適切とはいえないだろう。「神国」の語の意味は、多様な側面をもち、歴史的文脈によってはある側面だけが特段に強調されることも当然予想されるからである。そこで、改めて中世から十七世紀初頭にかけて用いられた「神国」の語に焦点を当ててみたい。まずは伴天連追放令を発した豊臣秀吉の発言を記したガスパル・コエリョの証言である。秀吉はヴァリニャーノが使節として来日することを、イエズス会宣教師から聞かされて次のように述べたという。

関白殿は司祭たちに対して幾分和らいだ表情を示し、次のように言った。「私（豊臣秀吉）は常に貴方がた（宣教師）の友であった。しかし貴方がたが弘めていた法があまりにも日本の神々（Cámis）に反するものであったので、私は貴方がたを追放した。何故ならこの法は直接に日本の諸侯の栄誉と存在を破壊するものだからである。というのも、神々とはまさに日本の諸侯以外のなにものでもなく、彼らはその偉大さと勝利のゆえに神として崇められるようになったためである。今や日本の諸侯はかつて他の諸侯がそうしたように、できる限りの力を尽して自ら神になろうとしている。それゆえ司祭らの弘めるこの法が神に反するものである以上、それは直接に日本の諸侯に反するものである。それが他のところではよいものであろうと日本ではそうではない。以上が、私が司祭らを追放した所以（ゆえん）である」と。

（一五八九年二月二十四日書翰・一五八八年度年報、CEV II f.258v.『十六・七世紀イエズス会日本報告集』第I期第一巻、八十二～八十三頁を参考に筆者訳）

ここで述べられている「日本の神々」とは、第一にかつて日本を支配し、そのことにより尊敬を勝ち得た存在であり、第二に現在の「日本の諸侯」の模範となる存在であり、そして第三に日本で固有に尊重すべき存在である。特に「（キリスト教は）他のところではよいものであろうと日本ではそうではない」との言葉は、他の地域には必ずしもあてはまらない日本の特殊な事情の表明と考えられ、どこにも優越意識はみられない。

神に背くべからず

中世の史料にみられる「神国」についての言説は極めて多様であり、日本という国を神が守護しているという、楽観的な自己肯定ともいえる言説も確かに存在する。『太平記』の「雲景未来記事」に「天皇家が即位の儀礼を行っていることは天照大神が守って下さることを示す頼もしいことで、三種の神器が伝えられていることなど、小国であっても他国に例のないわが神国の不思議とはこのことである（さすが三箇の重事を執り行はせ給へば、天照太神も守らせ給ふらんとたのもしき処もあるなり。此の明器我が朝の宝として……今に到るまで取り伝へおはしますこと、誠に小国なりといへども、三国に超過せる吾が朝神国の不思議は是なり）」（『太平記』巻第二十七）と書かれていることなど、まさに好例といえよう。

しかし、自分の属する集団の本質を肯定し、ある種の自負心をもつことは、あらゆる自己認識に普遍的ともいえよう。こうした例は、「神の下にある、万人に自由と正義とを与える国」（「忠誠の誓い＝Pledge of Allegiance」）への忠誠を毎日小学生に誓わせているアメリカ合衆国を始めとして、世界には枚挙に暇がない。こうした点にのみ「神国」の観念の特異性を求めることが、冷静で客観的な認識とはいえないこともいうまでもないだろう。

ここで注意しなければならないのは、「神国」という観念が天皇を始めとする支配者にある一定の原則を要求していることである。言い換えれば、「神国」は現実に政治を行っている支配者の力を超越した摂理を指しているのである。例えば南北朝期に南朝方の指導者として活躍した北畠親房の『神皇正統記』をみよう。これは日本が「神国」であることを根拠に、神の子孫とされる天皇家が統治することの正当性を主張した「神国」思想の書であることは、今更説明するまでもないだろう。

そしてそこには、「天下の人民は神のものである。神に背いてはならない。……特にこの日本は神国であるから、神道に背いては一日たりとも、太陽や月の運行さえ正常には行かない道理である（人は則ち天下の神物なり。心神を破る事勿れ。……殊更に此の国は神国なれば、神道に違ひては一日も日月を戴くまじき謂なり）」（応神天皇条）のような言説がみられる。民が「神」のものであること、従って統治者は「神」に背いてはならないことが説かれているのである。

天下の万民は神のもの

更に次のような言説もある。「天下のすべての民は神のものである。天皇が尊いからといって、自分一人が楽しい思いをし、すべての民を苦しめるようなことは天もゆるさないし、神も支持しない道理であるから、政治の良し悪しによって（天皇の）御運も開けたり行き詰まったりすると思われる（天下の万民は皆神物なり。君は尊く座せど、一人を楽しましめ、万民を苦むる事は、天も許さず、神も幸せぬ謂なれば、政の可否に従ひて、御運の通塞あるべしとぞ覚え侍る）」（後嵯峨天皇条）。天皇の政治が天皇個人の栄耀栄華のためではなく、「神」のものである「万民」のために行われるべきこと、この原則を遵守するか逸脱するかによって天皇自身が超自然的な摂理の審判を受けるか否かが決まることが述べられている。

　このようにみてくると日本が「神」の国だという観念は、統治者や支配者を規制する観念でもあったといえよう。中世末から近世にかけて流布した『御伽草子』にある「御曹子島渡」は、源義経が兵法書を手にいれるために蝦夷が島に渡る話であるが、その中で義経は何故兵法を学ぶ必要があるかを、奥州に勢力を築いていた藤原秀衡から次のように教えられている。「日本国は神国であるから、武士たちの武功だけで統治することはできない（日本国は神国にてましませば、もののふの手柄ばかりにては成りがたし）」と。

「神国」の観念には、統治者や支配者の力のみで統治が可能になるものではなく、「神道」に支えられてこそ可能となるという側面がみられる。言い換えれば日本国は、人間の知恵・力量を超えたものが動かしている、或いは人間の知恵・力量のみではどうにもならない、という認識でもある。菅野氏の言葉を借りれば「神と人との独特な緊張関係において統一の成り立っている特殊な国情」（菅野前掲書、七十七～七十八頁）を表す観念なのである。それでは人間の力量を超え、国を動かしてきた大きな力はどのように働いてきたのか、という関心が当然のこととして芽生えることになり、そのありさまを描いた『太平記』『平家物語』への関心につながっていくことは想像にたやすいのではないか。

Ⅲ　名を残す

有馬・島津と龍造寺との戦い

十六世紀は戦国時代とも呼ばれ、日本のかなりの地域において、頻繁に戦争が起っていた時代である。各地で生活する人々は、防衛戦の形であれ、他の地域の戦場へと出向く形であれ、いつ戦争に巻き込まれるかわからない危険の中にあった。いうなれば明日をも知れない不安定な生活を強いられていたのである。各地に実力で地位を築いてきた戦国大名が割拠しており、彼らはまた、新しい勢力にいつその地位を奪われるかしれない危険を感じながら統治を行っていた。このような環境は、直ちに無秩序な日常のあり方を連想させる。しかしながら第一章でみたように、この時代に戦国大名や武士たちの間での旺盛な『太平記』の享受のさまが窺え、また第二章でみたように、武士たちの行動様式においても、神仏への深い信仰に基づいた儒教道徳実践の志向がみられるのである。

　これらの武士たちの行動は、ある一定の価値観に基づいた、一種のポリシーが彼らの間に共有されていたことを窺わせる。戦場へと向かう武士たちがどのような価値観によって動いていたかを考える上で注目すべき一史料がある。イエズス会宣教師ルイス・フロイスが記した、有馬・島津両氏の連合軍が、これと戦う龍造寺氏を打ち破り、龍造寺隆信が戦死した戦争（沖田畷の戦い）についての報告である。天正十二年（一五八四）に、かねて大村領を服属させていた龍造寺隆信は、有馬領を窺い、大敵を前にした有馬晴信は、肥後国八代に進出していた島津氏に援軍を求めた。

　晴信が掌握していたのは千々石、串山、日野江、有家、堂崎、安徳の諸城であり、有馬領内でも深江、島原、三会、多比良、大野、神代の諸城は、危機に立った有馬氏に叛旗を翻していた。戦いの困難を思い、有馬晴信はローマ教皇から拝領した聖遺物箱を頸にかけていたという。島津家久は薩摩勢を率いて島原半島に渡り、島原城付近に陣営を設けた。有馬・島津の軍勢は合せて七千、対して島原城を掌握した龍造寺氏の軍勢は二万五千、島原城を攻める有馬・島津軍と龍造寺軍とが三月二十四日、戦端を開いた。死闘は朝の八時から正午過ぎまで続いた。

戦いは軍勢の数や装備ともに圧倒的に勝る龍造寺軍に有利に展開した。「武器に関して（事情が）敵とは全面的に反対になっていた。何故なら（龍造寺）隆信（Tacanobu）の軍勢のもつそれは、鉄砲は多く、弓は少なく、槍は長く剣は短かったのに、薩摩の軍勢は逆に、鉄砲は少なく、弓は多く、槍は短く剣は長かった。そして常に敵は新手の軍勢で攻めかかり、毎回（の攻撃で）軍勢は（味方より）多数で現れたので、既に三度に及び、我らの味方は砦の中に追い込まれた」とはフロイスの記すところである（一五八四年八月三十一日書翰、Jap.Sin 9II f.275.『十六・七世紀イエズス会日本報告集』第Ⅲ期第六巻、二百七十頁を参考に筆者訳）。

しかし、敗勢の中で有馬・島津両氏の軍勢は、決戦を挑み、戦況は逆転する。川上左京亮忠堅という「年若い武将」と薩摩の武士たちが、龍造寺隆信の駕籠に行き合い、戦闘が始まる。当初は家臣同士の争いと勘違いしていた龍造寺隆信は、汝らは隆信がここにいるのを忘れたか、と一喝した。これにより敵の大将の存在を知った忠堅は、我らは汝を求めて来た、と言って槍で突きかかった。隆信は最後に「南無阿弥陀仏」と唱え、薩摩の武士らにより首級を挙げられたという。龍造寺勢は算を乱して敗走した。

永遠の記憶が残る

以上、ルイス・フロイスの報告書によって、天正十二年三月二十四日（一五八四年五月。但しフロイスはユリウス暦で四月二十四日と記している）の有馬・島津両氏の連合軍と、龍造寺氏との戦いのありさまをみてきた。ここで特に注目すべきは、劣勢をはねかえすべく、軍勢を奮い立たせた島津家久の行動を描いた部分である。

薩摩の軍勢は、極度に危険な状況になり、意気阻喪した中から勇気を奮い起し、既に疑わしくなったこの戦いの運命をもう一度試そうと決めた。中務（Nacazzucasa）、即ち薩摩の王（島津家当主である義久）の兄弟（家久）は、彼の兵全体からみえるように馬に乗り、やはり馬に乗っていた別の司令官に命じて、短い激励を行わせたが、それはこのような場合に精力的な司令官が、弱った兵士らの勇気を奮い立たせるために常に行うものだった。同じ目的のために彼（家久）は、戦場の際立って危険な場所に、その子息を連れて出向いた。もはや全く勝利を求めず、しかし全員が、日本に永遠の記憶が残るような奮励により討死することを求めたのである。彼が命じて言わせたことの概要は次のようなものである。皆の者らは後には逃げることのできない海しかなく、前には二万五千の軍勢があり、その大部分はまだ戦っていない（新手の）者たちであることをみるがよい、と。それは彼ら全員が死ぬのは必定であろうことを単に想起させるためであった。そして薩摩の名を臆病や気後れで汚すようなことをしてはならないから、勇敢に恐れず突撃せよ、と。その言葉も終わらないうちに、全員が新たに（戦い）始めたように、まるで今戦闘が始まったかのように、敵に向かって出撃した。

（一五八四年八月三十一日書翰、Jap.Sin 9II f.275.『十六・七世紀イエズス会日本報告集』第Ⅲ期第六巻、二百七十～二百七十一頁を参考に筆者訳）

島津家久は、要するに兵士ら全員に死ぬ覚悟を求めたのである。自らの子息を最も危険な場所に立たせて範を示し、戦況は著しく不利であり、戦場から逃げ出すことは絶望的に困難であることを納得させる。その上で「薩摩の名を臆病や気後れで汚すようなことをしてはならない」と指示したのである。彼らの行動の選択肢は、「日本に永遠の記憶が残るような」戦死以外残されていないことを想起させた。フロイスによれば、この行動により戦況は逆転したのだという。この報告書を文面通り素直に読めば、戦場に臨む武士たちの目的の一つとして、死後に「日本に永遠の記憶が残る」ことも含まれていたのだと考えられる。

将軍の和平勧告

ところで戦国時代の戦場には、以上のようなフロイスの描くありさまとは別の側面もあった。藤木久志氏が明らかにされたように、戦場の主役は雑兵であり、騎馬の武士たちは百人のうちせいぜい十人たらずであったという（藤木『雑兵たちの戦場』五頁）。数の上で圧倒的に多数の雑兵たちが戦場に臨む主たる動機は、食うための荒稼ぎである。侵攻地で家財や食料を掠奪（りゃくだつ）し、女性や子供などを拉致して人商人らに売る、それにより得られる利益のために彼らは戦国大名に従ったのであった。

そのような者たちが、「薩摩の名を臆病や気後れで汚すようなことをしてはならない」という大将の言葉に従うであろうか。報告書の記述に誇張があると指摘されることもあるフロイスのことであるから、決死の武士たちを精彩ある筆致で描いたこの報告も、幾分潤色されたものではないか、と疑う余地もある。そこで今度は別の事例を考えてみたい。これも戦国大名同士の合戦で、安芸国（あきのくに）を本拠とする毛利氏と出雲国（いずものくに）の戦国大名尼子（あまご）氏とのものである。

永禄二年（一五五九）に、時の室町幕府将軍足利義輝は戦闘状態が続いていた毛利・尼子両氏の和平調停に乗り出した。結局毛利方が最終的に拒否したことにより和平が実現することはなかったが、山田康弘氏によれば、その調停は将軍の政治力による有利な和平を期待していた尼子方にとってはもちろんのこと、毛利氏にとっても、無視してもよいようなものではなく、将軍の命令として基本的に尊重すべきものだったという。従って、拒絶するにあたっては、自らの利益のために、どうしても調停には応じられない十分な理由を申し立てることが必要であった（山田「戦国期将軍の大名間和平調停」）。

このことは全く無力となっていたとされてきた戦国時代の室町幕府将軍について、根本的な見直しを迫られる重大な問題提起だといえよう。それはともかく、毛利家中では義輝の調停を受諾すべきか、それとも拒否すべきかが真剣に討議されたと思われ、このことについて、毛利家の当主であった毛利隆元が記したと思われる覚書が『毛利家文書』の中に伝えられている。それは和平調停を拒否した場合と受諾した場合とに分けて、それぞれ予想される事態を記したものである。

拒否も地獄・受諾も地獄

まずは「和平を拒否した場合起るであろう事（和談申し切り候はゞ出来すべき趣の事）」についてである（『毛利家文書』七二九）。第一に当面対立している尼子氏に加えて、これまでも対立している豊後即ち大友宗麟との戦いを継続し、二正面作戦をとらなければならないが、「両方とも勝ち抜くとは殆ど思われない事（更に両口とも勝ち抜き候ずる儀覚えず候事）」が問題である。第二には味方している国衆や家来たちが戦争に飽きて厭戦気分がみえていることで、これに対処しなければならない。第三には家来たちは戦争の行末を見抜いており、今更敵方との戦線をわざわざ探索するようなものは一人もいないから、戦争が続けばこうした状況に更に拍車がかかるであろう。そして第四にさほど気にすることでもないが、毛利は将軍の「上意」を蹴ったという悪評が広まっていくであろう、と記されている。

特に最後の点については、「この点は全く気にすることはない、わざわざ言わなくてもよいことであるが、噂が立つであろうから指摘するのみである。将軍の『上意』に背こうと毛利の家が維持できないようでは仕方がないのである」とわざわざ追記している。この言葉から当時の戦国大名にとっては、もはや将軍の命令などものの数ではなかったことが明らかになるとも考えられるが、これほどわかりきったことをしつこく指摘しているところをみると、毛利氏にとっても「上意さえ蹴って拒否した（上意をも申しこくり候て申し切り候）」との噂は、外交的な面ではかなり不利なものであったとみることができよう。

今度は「和平を受け入れた場合起るであろう事柄（和談においては出来すべき趣条々）」である（同上、七三〇）。第一に和平となれば毛利方か尼子方かの対立がなくなり、双方の勢力が入り混じるから、これまで毛利の味方として結束していた勢力の中で種々の分派が形成されるであろう。我々の「一味」の中で各々がそれぞれに交流することを禁止したとしても、対立の大前提が崩れてしまえば、引き締めはできるはずがないだろう。

第二に尼子氏からの働きかけが公然となされ、家中でさえ、それに応じるような種々の分派が生じることになろう。家中が何かと混乱に及ぶことは必定であると思われる。第三に、ここで和平となって尼子方が持ち直せば、人質を取ることも姻戚（いんせき）関係を結ぶこともできない。外部からみれば尼子方が「大勝した（大勝を仕り候）」ような成り行きとなるであろう。第四にどのように思案をめぐらそうと、出雲の衆（尼子方）と当方の毛利方の衆とが入り混じることになれば、尼子方にいいようにされ、足元をみられないようにする方法があるとは思えない。第五に、大体現在の当方の状況にあってさえ、うっかり油断すればうまく対処することができなくなりそうな体たらくであり、従って第六に和平が実現するならば、混乱を招くことはやむを得ないことだと思われる、と述べられている。

ここからは、毛利家という戦国大名の家中がどのような問題を抱えていたのかを、かなり具体的に窺うことができる。隣国大名との戦争は、かなりの部分、家中の武士たちや味方になる国衆らの複雑な政治的動きと絡んでいたのである。とても領土的野心程度のことで戦争を始められるようなものではなかったし、また逆に戦争を回避したくても、家中や味方の国衆の間の政治的対立から戦争に臨まなければならない場合もあったことが窺えよう。ここには、毛利隆元からみた、戦国時代の戦争の複雑な実態が描かれているのである。

滅びても名を

ここまで様々な予測を書き記した後、隆元は決然と次のように言い放つ。「だからこうした事態がどうにもならないことであれば、現在の態度を押し通して滅びてもかまわないではないか。名だけが残ることになると思われるが、それでも名も実利も失ってはどうにもならないではないか（とても力なかるべき儀にて候へば、今の姿を通し候てあい果て候へば、苦しからず候、名ばかりをば留め候かと存じ候事、名利共失ひ候へば是非なく候事）」と（『毛利家文書』七三〇）。活路がないならば、あくまでも戦い抜いたあげく滅亡しても、少なくとも武士としての名を立てることになる、というのが隆元の考え方だったと思われる。戦国武士たちの行動の選択肢の一つとして、死して名を残すというものがあったことを、この隆元の覚書からも窺うことができよう。

こうした毛利隆元の判断を支えた背景として、戦争に明け暮れる戦国武士独特の人生観を考慮する必要があろう。戦争に確実な勝利を想定できるような場面はそもそもない。現実の戦争においては軍勢の多い強力な大名の方が、軍勢の少ない弱小な大名に必ず勝てるという保証は何もないからである。先にみたばかりの有馬・島津の連合軍と龍造寺氏との戦いがまさにその事例であり、七千の軍勢で武装においても劣っていた有馬・島津連合軍が二万五千の軍勢で優秀な装備をもった龍造寺隆信の軍に打ち勝ったのである。そういえば戦国時代の戦争でひときわ著名な桶狭間（おけはざま）の合戦でも、四万五千の今川義元の軍勢が、僅（わず）か二千に及ばない織田信長の軍勢に敗れ、義元は敗死してしまった。

隆元の父毛利元就は、二十七歳で兄興元の子幸松丸の跡を継いでから、今に至る状況の激変と家中の対立する武士や他の大名家との戦争に自分一人がうまく生き延びてきたことを、次のように述懐している。「自分は格別の勇者でも、武力に自信のある者でもなく、特別に智恵・

才覚に長けているわけでも、正直な正しい人格故に神仏に守られるべき者でもないのに、このように生き延びたことは何故なのか、自分でもさっぱりわからない（我等事、健気者、胴骨者にても、智恵才覚人に越え候者にても、又正直正路の者にて、人に優れ神仏の御守りあるべき者にても、何の条にてもなく候処に、斯様にすべりぬけ候事、何の故にて候共更に身ながら推量に及ばず候）」（同上、四〇五）と。戦場での運命は自分の力ではどうにもならない、というのが当時の少なからぬ武士たちの認識だったように思われる。『太平記』の描き出した、どうにもならない因果による乱世の動きは、彼らにはしみじみと実感をともなったものだったのだろう。

そうなれば、自力でできることは、武士としての筋を貫くことだけである。自力で活路が開けないのであれば、せめて恥ずかしくない行動により人々の記憶に残りたいと思うのも一つの考え方ではあるだろう。状況を正確に読んで、最も有望と判断される選択肢を選ぶこととの合理性は誰にでもわかる。しかし、現実には殆どの場合、そもそも状況を正確に読むことが個人の有限の力量に余ることなのである。それならば第二章でみたように、内心では神仏を頼みつつ、行動においては人間に判断できる限りでの正当な倫理に従うことも、それなりに理解可能な生き方の一つではないか。滅んで名を残すという行動様式はこうした論理から出てくるように思われる。

人々の記憶の中に

しかし、仮にそうした選択肢に現実性がありえたとして、戦国武士たちは、討死した彼らの名が後世どのように語り伝えられると思っていたのであろうか。やがて子孫にさえ忘れられ、自分の名も埋もれてしまうとは思わなかったのだろうか。ここで想起されるのは、第一章で述べた、薩摩軍の戦陣において『太平記』が読まれ、親しまれていたという事実である。戦国武士たちにとって、戦場に赴き、手柄を立てたり討死したりした『太平記』の武者群像は決して遠い時代の他人事ではなく、予測される自分たちの未来でもあったはずである。今から戦場へと赴く自分たちも、あの『太平記』の中の武者たちと同じく、今度は未来の武士たちによって語り継がれる日が来る、との想いが彼らになかったとはいえないのではないか。

もしそうであれば、『太平記』に親しむこと自体が、戦国武士たちにとっては重大な生き方の一部であったともいえよう。他ならぬ自分が、遠い祖先の記憶を継承することは、自分もまた後世に記憶される可能性へとつながる。『太平記』をたしなむことはこうして過去と現在をつなぐとともに、自分の未来を規定し、戦場における行動や倫理に直結することになるだろう。直接戦場に出向く彼らのみならず、彼らと死に別れてしまうかもしれないその家族にとっても、

『太平記』に親しむことは、かけがえのない死者と想いを分かち合い、その記憶の担い手となる上で大事な行動の一部となるだろう。遠い時代の死者たちを過去帳に記し、檀家との縁を結ぶという行為も、記憶の担い手になろうとする当時の『太平記』の読者の行為とどこかでつながっているように思われる。そうであれば『太平記』から、草の根の歴史が人々に共有されていくという事態は十分ありえたと思われるのである。

*

最後に、冒頭の問題を改めて想起したい。イエズス会の宣教師たちは何故『太平記抜書』を出版したのであろうか。ここまで、『太平記』が中世の日本人に重視され、親しまれ、その行動様式に多大な影響を与え、その歴史観を提供してきたことを述べてきた。それに加え、これに親しむことは当時の日本人、特に武士たちにとっては生き方の重大な一部となっていたと思われる。『太平記』は、いわば日本人の心の中に生きていた書物だったともいえよう。そしてイエズス会の宣教師たちは、そのことを見抜いていたのであろう。

織田信長の前で、自ら「日本人の魂と心を盗み取り、悪魔の手から引き離して創造主の手中へと導くために来日した盗賊」だと豪語したというイエズス会宣教師たちだけのことはある。現代人をも感嘆させる『日葡辞書』をつくり、日本の古典をいち早く出版するなど、布教という大目的にむけてなされた、まさに心血の注がれた日本研究は伊達ではなかった。彼らは日本人すべての魂と心を「盗み取」ることまではできなかったが、そのありかの、ごく近くまでは迫っていたように思われる。

終章　国家と未来

国民の「文学」として

本書では、冒頭にイエズス会宣教師たちが何故『太平記抜書』を出版したのか、という問題を提示し、中世から近世初頭の時代に、『太平記』がどのような物語と認識され、どのように人々に受容されてきたかをみてきた。一言でいえば、『太平記』はこの時代の幅広い階層に親しまれた歴史書であり、特に武士たちにとっては、武士としての生き方を提示する書物として重視されてきたことを述べた。こうした実態をみたイエズス会は恐らく、日本人を理解し、その心を捉えるために、『太平記』は不可欠な書物だと考えたと思われる。更に『平家物語』もまた、同様な歴史書と認識し、日本人を理解するために不可欠な書物として、特にヨーロッパ人の読者の間での理解を目的としてローマ字のキリシタン版で出版したといえよう。

こうしたイエズス会の理解は的確であった。『太平記』『平家物語』の二書が、江戸時代の日本人の間で歴史に関する知識の中核になってきたと考えられることは既にみた通りである。

明治以降、日本にはヨーロッパの歴史学が輸入され、特に厳密な史料批判に基づく、確実な一次史料による歴史像の復元が急務であると認識された。そのせいか、田口卯吉によりまず編集、出版され、後に主に黒板勝美により更に大規模な形で編集、出版された『国史大系』の中には、前近代の人々に親しまれた『太平記』『平家物語』は収録されていない。もちろん『国史大系』から伝説、説話の類が排除されたわけではなく、『今昔物語集』『宇治拾遺物語』『古今著聞集』などは収録されているのであるが、上記二書は、どのような事情によるものか不明ではあるが、収録されることはなかった。

しかし、これら二作品が人々に親しまれるという事情は近代に入っても変わらなかったと思われる。明治末から大正初めにかけて文部省により出版された『尋常小学唱歌』には、歴史物語を題材としたものが少なくない。主なものを拾うと、『太平記』の逸話による「桜井のわかれ」「大塔宮」「児島高徳」「鎌倉」、『平家物語』の逸話による「那須与一」「鵯越」「斎藤実盛」などがみられ、それ以外では『大鏡』による「菅公」「三才女」、『曾我物語』による「仁田四郎」「曾我兄弟」、『古今著聞集』による「八幡太郎」「三才女」、『義経記』による「牛若丸」「鎌倉」、他に「豊臣秀吉」「川中島」「八岐の大蛇」「加藤清正」などがあるが、一見して『太平記』『平家物語』が多いという印象が強い（なお、「鎌倉」「仁田四郎」「曾我兄弟」の出典には『吾妻鏡』も考えられる）。

恐らく「太平記は史学に益なし」という論文が書かれる時代に、この二書は歴史書としてよりも文学書として親しまれたのであろう。しかし、日本人に歴史を理解するための骨格を提供するという、前近代にみられた役割は、そう簡単になくなるものではなかったと思われる。前代から親しまれてきた『太平記』の逸話が小学唱歌にも採用された事情は、単に江戸後期の国学や、明治の国家主義教育のみによるとは言い切れないのではないだろうか。

時間認識の変革

勝俣鎮夫氏が二〇〇七年に発表された「バック・トゥ・ザ・フューチュアー」という論文によれば、日本人の時間認識は、中近世移行期（十六世紀から十七世紀後期）を境に大きく変わったという。中世後期までの日本人は、過去を「サキ」と呼び、未来を「アト」と呼んだ。過去は前方にあるものであり、未来は後方にある、という世界の他の多くの諸言語と共通する認識に基づくものであった。

一例を挙げよう。十五世紀には日本国内で民衆の活動が目立ち始め、土一揆が頻発したことはよく知られている。その中でも「日本開闢以来」最初の「土民」の蜂起とされる正長の土一揆の際、大和国で徳政（貸借・売買契約の破棄）が庶民の間で宣言されたことを示す柳生の徳政碑文（図14）は著名である。そこには「正長元年（一四二八）よりサキは、神戸四ヶ郷に負目（借金）あるべからず」と記されている。「正長元年以降の借金は帳消し」と解釈すると、未来にありうる借金も帳消し、という意味不明の文になる。「正長元年以前は」と読めば、過去の借金は帳消しという徳政の意味がはっきりする。

「サキ」は「以前」の意味なのである。ところが現代の我々はともすれば「正長元年以降は」と誤読しがちである。現代では「サキ」は「先がみえない」というように未来を指すことが多いからである。何故このようになるのか。勝俣氏によると戦国時代の社会転換の中から「サキ」の語が未来を表し、「アト」の語が過去を表すという、正反対の意味が付せられるようになり、近代以後、この新しい語意が、旧来の語意を圧倒する形で定着したという。

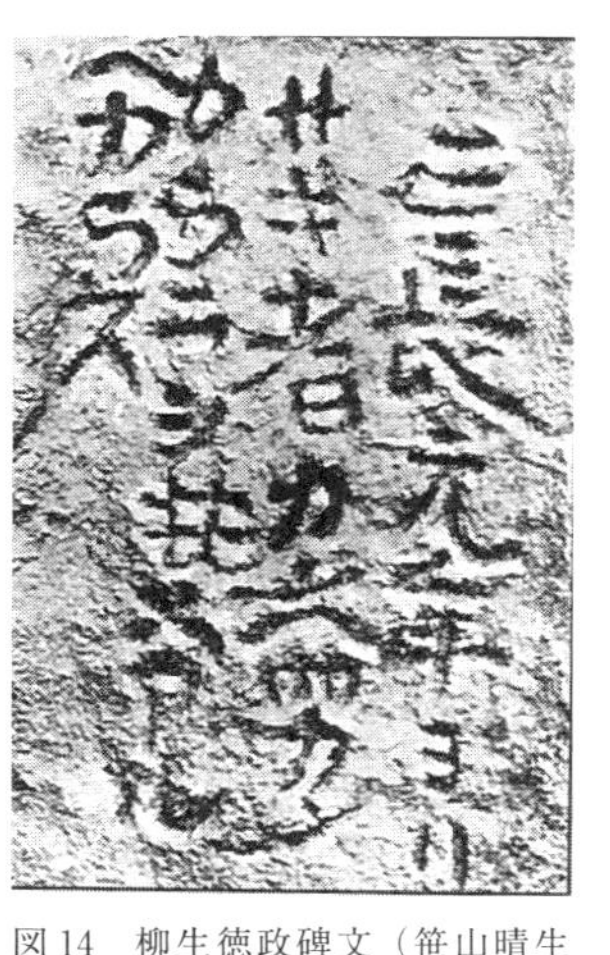

図 14　柳生徳政碑文（笹山晴生他編『詳説日本史』山川出版社、133 頁より）

更に勝俣氏によれば空間的な前面を過去に対応させ、後方を未来に対応させるという時間認識は古代ギリシアにも、アフリカ人にも、ボリビアの先住民のケチュア語、チリの先住民のアイマラ語にも見出す（みいだす）ことができるという。知覚可能な過去・現在を前方に見据え、知覚不可能な未来は背後に置くという、世界に広くみられる共通の視覚的体験から生み出されたものであった。だから戦国期における語意の転換は、日本列島で暮らす人々が原始・古代以来の時間観念を転換させたことを意味している。言い換えれば、この時代に日本人は、未来をみつめて過去を背にして生きていくようになったといえよう。

この新たな時間観念は、勝俣氏によれば近代ヨーロッパ社会のもとで形成された「近代的時間概念」と同じ認識の方向性をもつと考えられる。即ち神仏の領域に属し、人間が知覚できないものと考えていた未来の時間を知覚可能な時間とみて、前方に未来を置く方向性を示すということである。但し中近世移行期には、西欧近代の時間観念は如何なる意味でも日本に入ってきていない。日本で宣教していたヨーロッパ人は近代科学以前の人々――近代科学の原型を提供したニュートン力学の、そのまた先駆となったヨハネス・ケプラー以前の人々であった。従って時間観念の変化は、日本の歴史自体の中からその原因を探すほかないと思われる。

「日本国」の成立

ところで戦国時代末期には、第四章でみたように、日本列島に住む人々が「血と言語」を同じくする日本人としてお互いを意識し、歴史認識を広く共有するに至っていた。そして第三章でみたように、十六世紀末には後世に「源平交代」史観と呼ばれるある種の歴史認識が広く受容され、来るべき統一政権の予感も語られていた。言い換えれば歴史知識を基礎に、来るべき未来を一定程度までは認識可能なものと意識していたと想像される。歴史認識に基づく未来の予測が、それが合理的か否かは別として、ともかくもなされていた、或いはなされようとしていたといえるのではないか。

このようにみてくると、先ほど述べた、勝俣氏の指摘される時間認識の変化は、中近世移行期という変化の起った時期からみても、歴史認識に基づいて「日本」の未来の予測が試みられているという点から考えても、「血と言語」を同じくし、歴史を共有する日本列島上の住民が「日本国」民として統一政権に把握されるようになったことと、なんらかの意味でつながっていると考えざるを得ない。

端的にいって、統一政権による「日本国」の成立は、日本人の時間意識の変化と関わるものであるように思われる。我々が現在意識する「日本国」という国家は、はるか昔から日本列島に存在してきたわけではない。漠然と意識された「日本」という集団は古代から日本列島で存続していたが、「日本」の国境の画定、その国境に基づく「外国人」の処置などを日本政府が行うようになったのは、江戸幕府成立以降だといわれている。ながらく「鎖国」という言葉で表現されてきた、国家による管理貿易、「日本国」民の海外活動統制、入国する「外国人」管理のシステムは、上記の意味での「日本国」成立の産物であった。

そのような「日本国」成立のもたらしたものの一つは、人々が戦争から解放されたことである。十六世紀末から十七世紀前半にかけての気候の温暖化なども相まって、それ以前には期待できなかった豊かさと平和とがもたらされた。戦国期に比べ、天寿を全うする希望もそれなりに現実性を帯びるに至ったと思われる。未来をみつめた生き方が、こうした環境から生まれてくる、ということは想像不可能なことではない。安定した国家の形成により、日本列島上で「日本人」との自覚をもった人々に、時間観念の変化がもたらされたとみることができるのではないか。

国家史への関心

通常は、日本の歴史は十九世紀中葉の幕末・維新期に劇的な変化を遂げたとされる。天皇中心の政府の出現や「廃藩置県」など国家体制の変容に関していえば、確かにその通りといえよう。一方、一般庶民の知識や歴史認識などについていえば、明治維新前後でそれほど劇的な変化はない、ともいえるのではないか。国家の教育制度以外に、演劇や戯作の類も一般庶民の知識の源泉となっていた、という事情は恐らく変っていないと思われる。

　例えば、歴代の天皇の名前が歴史的知識の重要な一部になっていることが、既に十七世紀前半から十八世紀半ばのものと思われる一寺院の過去帳から窺えることは、第四章で述べた通りである。明治以後行われた、「神武、綏靖、安寧……」の歴代天皇名の暗記、という悪名高い「歴史教育」は、お上の強制のみによるのではなく、近世庶民の歴史認識の形を踏襲しているとみることもできるのではないか。

　共和制の国フランスでも、「ほとんどすべての西ヨーロッパ諸民族は、今日に至るまで王によって支配されてきた。我々の諸国における人間社会の政治的発展は……大王朝の勢力の変遷という一事にほぼ要約される」「かつての社会は王政という制度をもって、完全に具体的でしかも人間の本質に即した必要をある程度満たしたのだ。この必要は永遠のもので、ただ現在の社会は別の形で……満たしているにすぎない」ことが一九二〇年代に指摘されている（マルク・ブロック／井上泰男・渡邊昌美訳『王の奇跡』）。「王」重視の歴史認識はそれほど特異なものではないともいえるのではないか。

　近世には政府の国家事業として歴史書が制作された。徳川家光・家綱の命により林羅山・鵞峰が『本朝通鑑』の編纂に携わり、『武徳大成記』もまた幕府により編纂された。その一方で一般庶民の間でも、『太平記』や『平家物語』の強い影響があったとみられる歴史像が過去帳という形で表現されていた。即ち、庶民の中の「国家史」も培われていたことになる。

未来のゆくすえ

通常、十六世紀末に始まる統一政権は、織田信長・豊臣秀吉・徳川家康らが中心となった政府の強権が成熟した結果、全国統一を達成したとみられている。しかし今問題にしている、例えば「血と言語とを同じうする」日本人の一体感や、『太平記』や『平家物語』の登場人物を先祖として祀るような歴史認識まで、強権により創出されたとはいえないだろう。こうした諸要素は統一政権の成熟以前に、少なくとも萌芽のみえるものである。

言い換えれば、支配者の人為的な努力や強権の発動を超えた社会的潮流が、「日本国」家の形成を下支えしていたことになる。国家の成立がそうであれば、時間認識の転換もまた同様の形で進行したものとみることができる。

その国家は現代になって、人類の未来を狭め可能性を抑圧する存在として批判的に語られることが多い。国家の機能を縮小し、人間の自由な欲望を解放することが、より可能性に満ちた未来につながると強調されている。一つにはグローバリズムの風潮によって、国家もまた資本の従属物とみなされ、国境を跨いだ、そして際限のない資本の活動に奉仕すべきだとみる資本主義の思考が世界的に力を得ているからであろう。

その一方で、現代は「先のみえない」時代だといわれる。近代のもっていたバラ色の未来像はどこかへ消え失せ、未来は、一寸先は闇とされるような不安定な経済情勢に従属したものと認識されることが普通になっている。人間の行動も、未来をみつめ、それへの希望に基づくというよりは、ひたすら現在の利潤のみを眼中におくものとなりつつある、というのが、残念ながら現代の少なからぬ分野にみられる傾向である。現在の勝利と生き残りがすべてであれば、未来を考える余地は殆どないからである。目先の利害に囚われず、未来をみつめて人生を考えること自体、非現実的とみられかねない風潮さえある。

かつて歴史ブームが起きた時代があった。一九六〇年代のことである。現代とは比較にならないほど日本社会全体が貧しかったが、人々の間では明確な未来の希望が語られていた記憶がある。そして歴史への関心は高かった。歴史への関心や知識が衰え、過去に束縛されない、自由な未来を、という掛け声とはうらはらに、その肝心の未来がみえない現代とは正反対といってもよい。何故か、その理由は筆者などには見当もつかないが、現代のありさまは、歴史認識が一般にも広く共有され、人々が未来をみつめ始めた十七世紀の、不気味な陰画にみえてくるのである。我々の未来は国家とともに衰退していくのだろうか、それとも国家の凋落とは別に、グローバリズムの中でも「先がみえ」てくる日が来るのだろうか。

歴史は一旦破壊したものの再生が不可能な一回性のものである。未だその機能は必要とされ、重要な役割も果たしているものの、ここまで批判の槍玉にあがっている国家が往年の評価や支持を取り戻すことはないだろう。このような現代に未来への希望がどのような変遷をたどるのか、未来への希望が存続することを願う者の一人として注視していきたい。

あとがき

大隅和雄先生から「本と日本史」シリーズの企画に加わるようおすすめをいただいたのは、二〇一〇年四月頃であった。当初は大隅先生のご著書『事典の語る日本の歴史』の構想を基にしたシリーズとのお話だったかと記憶するが、七月の執筆者会議では書物に焦点をあててその時代の文化、社会を考えるという構想が提示された。以後順番を決めて各自構想を発表し、討論することになった。大隅先生始め、龍澤武氏、大西廣氏、太田昌子氏、吉田一彦氏、増尾伸一郎氏という、恐ろしく博学で自由闊達な思考の方々との討論は啓発されるところ大きく、参加できるのは特権ともいうべきもので、毎回の研究会が楽しみだった。一方、吉田、大隅、増尾と報告が進むにつれ、この執筆陣に伍して完成に至れるのか、との不安も大きくなった。

自分にできるのは、イエズス会の文献に多少なりとも接してきた点を活かすことであり、イエズス会が出版した『太平記抜書』を考えるしかないと思った。同じ頃、本シリーズ執筆者の一人である小峯和明氏の研究会に加えていただき、天草版『平家物語』を考える機会を得たことも大きかった。翌年三月、自分の初回報告の番が回ってきた時、東日本大震災で延期となり、結局四月に報告した。震災での原発事故で、現代人が絶対の信頼を置いてきた先端科学技術のもろさを思い知らされた。一方先祖の言い伝えから、堤防の高さを守ったために津波による被害を免れた集落があったとのエピソードも聞こえてきた。過去の記憶を伝えるという営為の奥深さに、思いもよらない形で気づかされたように思った。『太平記』や『平家物語』と中世びととの関わりを本気で考えなくてはならない、との意を新たにしたことを覚えている。

　執筆に際し集英社の落合勝人、伊藤直樹両氏から叙述の方法について貴重な助言をいただき、二〇一四年春に一旦草稿ができ、執筆陣の回覧に供することができ、その後種々修正を加えて成稿に至った。『宣教師と『太平記』』というタイトルは、増尾伸一郎氏の命名になるものである。種々貴重な助言とともに「これ（筆者の草稿）をみた以上絶対（自分も）書く」との言葉を遺したまま逝ってしまった。名付け親に上梓を報告できないのは残念の極みである。

　最後になったが、研究会の段階からサポートをいただいた前記の落合・伊藤両氏、また制作を担当された同じく集英社の石戸谷奎氏と校閲の方に心より感謝申し上げたい。

二〇一七年正月　　神田千里

参考文献

浅野秀剛「大森善清絵本の後修本――金沢美術工芸大学所蔵の『絵本唐紅』と『風流絵本　唐くれなゐ』を中心に」太田昌子編『江戸の出版文化から始まったイメージ革命　絵本・絵手本シンポジウム報告書』金沢芸術学研究会、二〇〇七年
井上鋭夫『一向一揆の研究』吉川弘文館、一九六八年
A・ヴァリニャーノ／矢沢利彦・筒井砂共訳『日本イエズス会士礼法指針』キリシタン文化研究会、一九七〇年
大隅和雄『事典の語る日本の歴史』そしえて、一九八八年、新装版二〇〇八年（講談社刊）
大塚光信「解題」天理図書館善本叢書和書之部編集委員会編『天理図書館善本叢書　和書之部　第四十九巻　きりしたん版集二』八木書店、一九七八年
奥野高広『足利義昭』吉川弘文館、一九六〇年、新装版一九九〇年
勝俣鎮夫「バック・トゥ・ザ・フューチュアー――過去と向き合うということ」『中世社会の基層をさぐる』山川出版社、二〇一一年、初出二〇〇七年
加美宏『太平記享受史論考』桜楓社、一九八五年
亀井高孝・阪田雪子翻字『ハビヤン抄キリシタン版平家物語』吉川弘文館、一九六六年
神田千里「天草版『平家物語』成立の背景について」『文学』二〇一二年九・一〇月号
神田千里『宗教で読む戦国時代』講談社、二〇一〇年

神田千里『戦国と宗教』岩波書店、二〇一六年
菅野覚明『神道の逆襲』講談社、二〇〇一年
小秋元段『太平記・梅松論の研究』汲古書院、二〇〇五年
高祖敏明校注『キリシタン版太平記抜書』一〜三、教文館、二〇〇七〜二〇〇九年
後藤丹治他校注『太平記』一〜三〈日本古典文学大系三十四〜三十六〉岩波書店、一九六〇〜一九六二年
五野井隆史『日本キリシタン史の研究』吉川弘文館、二〇〇二年
信仰の造形的表現研究委員会編『真宗重宝聚英』第七巻「聖徳太子絵像・絵伝・木像」同朋舎出版、一九八九年
新村出「馬鹿考」『新村出全集』第四巻、筑摩書房、一九七一年、初出一九三〇年
高瀬弘一郎『キリシタンの世紀——ザビエル渡日から「鎖国」まで』岩波書店、一九九三年、二〇一三年岩波人文書セレクション収録
高橋貞一「壒嚢抄と太平記」『国語と国文学』昭和三十四年八月号
ドゥアルテ・デ・サンデ編／泉井久之助他訳『デ・サンデ天正遣欧使節記』雄松堂書店、一九六九年
外山幹夫『大友宗麟』吉川弘文館、一九七五年、新装版一九八八年
原田福次「きりしたん版「太平記抜書」の底本について」野田寿雄教授退官記念論文集刊行会編『野田教授退官記念　日本文学新見——研究と資料』笠間書院、一九七六年
広瀬良弘『禅宗地方展開史の研究』吉川弘文館、一九八八年

福田秀一「太平記享受史年表　中世」日本文学研究資料刊行会編『戦記文学――保元物語・平治物語・太平記』有精堂、一九七四年、初出一九六四年
藤木久志『雑兵たちの戦場――中世の傭兵と奴隷狩り』朝日新聞社、一九九五年
ルイス・フロイス／松田毅一・川崎桃太訳『日本史』第一巻～第十二巻、中央公論社、一九七七～一九八〇年
マルク・ブロック／井上泰男・渡邊昌美訳『王の奇跡――王権の超自然的性格に関する研究／特にフランスとイギリスの場合』刀水書房、一九九八年
堀新『織豊期王権論』校倉書房、二〇一一年
松田毅一監訳『十六・七世紀イエズス会日本報告集』第Ⅰ期第一巻、同朋舎出版、一九八七年
松田毅一監訳『十六・七世紀イエズス会日本報告集』第Ⅲ期第一巻～第七巻、同朋舎出版、一九九一～一九九八年
宮嶋一郎「きりしたん版『太平記抜書』の編集態度について」『ビブリア』六十三号、一九七六年
森田武「日葡辞書の太平記引用文について」土井先生頌寿記念論文集刊行会編『国語史への道』上、三省堂、一九八一年
山田康弘「戦国期将軍の大名間和平調停」阿部猛他編『中世政治史の研究』日本史史料研究会、二〇一〇年
ジョアン・ロドリゲス／日埜博司編訳『日本小文典』新人物往来社、一九九三年
和田琢磨「「序」の機能」『『太平記』生成と表現世界』新典社、二〇一五年、初出二〇一一年

神田千里（かんだ ちさと）

一九四九年東京都生まれ。日本史学者。東洋大学文学部教授。一九八三年東京大学大学院人文科学研究科博士課程単位取得退学。一九九九年『一向一揆と戦国社会』（吉川弘文館）で、博士（文学、東京大学）。著書に『宗教で読む戦国時代』（講談社選書メチエ）、『島原の乱』（中公新書）、『織田信長』（ちくま新書）、『戦国と宗教』（岩波新書）など多数。

シリーズ〈本と日本史〉④

宣教師と『太平記』

二〇一七年三月二二日 第一刷発行

集英社新書〇八七二D

著者……神田千里

発行者……茨木政彦

発行所……株式会社集英社

東京都千代田区一ツ橋二-五-一〇 郵便番号一〇一-八〇五〇

電話 〇三-三二三〇-六三九一（編集部）
〇三-三二三〇-六〇八〇（読者係）
〇三-三二三〇-六三九三（販売部）書店専用

装幀……原 研哉

定価はカバーに表示してあります。

印刷所……凸版印刷株式会社 製本所……ナショナル製本協同組合

ISBN 978-4-08-720872-6 C0221

Printed in Japan

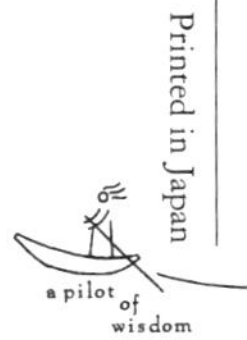

集英社新書　好評既刊

歴史・地理——D

「日出づる処の天子」は謀略か	黒岩重吾
日本人の魂の原郷　沖縄久高島	比嘉康雄
沖縄の旅・アブチラガマと轟の壕	石原昌家
アメリカのユダヤ人迫害史	佐藤唯行
怪傑！　大久保彦左衛門	百瀬明治
ヒロシマ——壁に残された伝言	井上恭介
英仏百年戦争	佐藤賢一
死刑執行人サンソン	安達正勝
パレスチナ紛争史	横田勇人
ヒエログリフを愉しむ	近藤二郎
僕の叔父さん　網野善彦	中沢新一
ハンセン病　重監房の記録	宮坂道夫
勘定奉行　荻原重秀の生涯	村井淳志
沖縄を撃つ！	花村萬月
反米大陸	伊藤千尋
大名屋敷の謎	安藤優一郎
陸海軍戦史に学ぶ　負ける組織と日本人	藤井非三四
在日一世の記憶	小熊英二　姜尚中　編
徳川家康の詰め将棋　大坂城包囲網	安部龍太郎
名士の系譜　日本養子伝	新井えり
知っておきたいアメリカ意外史	杉田米行
長崎グラバー邸　父子二代	山口由美
江戸・東京　下町の歳時記	荒井修
警察の誕生	菊池良生
愛と欲望のフランス王列伝	八幡和郎
日本人の坐り方	矢田部英正
江戸っ子の意地	安藤優一郎
長崎　唐人屋敷の謎	横山宏章
人と森の物語	池内紀
新選組の新常識	菊地明
ローマ人に学ぶ	本村凌二
北朝鮮で考えたこと	テッサ・モーリス-スズキ
ツタンカーメン　少年王の謎	河合望

司馬遼太郎が描かなかった幕末　一坂太郎
絶景鉄道 地図の旅　今尾恵介
縄文人からの伝言　岡村道雄
14歳〈フォーティーン〉満州開拓村からの帰還　澤地久枝
日本とドイツ ふたつの「戦後」　熊谷 徹
江戸の経済事件簿 地獄の沙汰も金次第　赤坂治績
消えたイングランド王国　桜井俊彰
「火附盗賊改」の正体 ――幕府と盗賊の三百年戦争　丹野 顯
在日二世の記憶　小熊英二／髙賛侑／高秀美 編
シリーズ〈本と日本史〉① 『日本書紀』の呪縛　吉田一彦
シリーズ〈本と日本史〉③ 中世の声と文字 親鸞の手紙と『平家物語』　大隅和雄

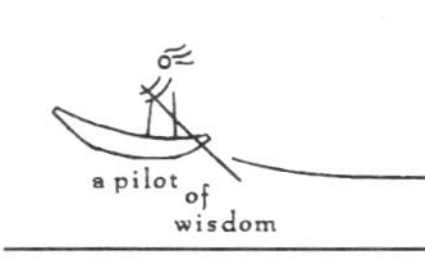

集英社新書 好評既刊